En defensa de la misantropía

En defensa de la misantropía

En defensa de la misantropía

Jon Ferreiro

Ilustración de la cubierta: M.B.H.

Jon Ferreiro nace en Bilbao el 2 de marzo de 1991.
A los quince años se le diagnostica una grave depresión,
acompañada de agorafobia y fobia social por la cual pasa gran
parte de su adolescencia recluido en casa entre novelas gráficas
y mangas, que en esos años son su principal salvavidas y una
forma de salir de su habitación. Años más tarde se marcha
a vivir solo a Galicia, ahí empieza a leer otro tipo de lectura
y descubre a los autores malditos desde Baudelaire hasta
Bukowski y se convierten en una gran fuente de inspiración
para sus primeros poemas; la escritura es un refugio a su
soledad. Por esos años es diagnosticado con TLP un trastorno
de la personalidad con el que debe luchar cada día, algunos
con más acierto que otros.

La escritura, lectura y música han sido y son un refugio
a su vida. Actualmente vive en Anguciana (La Rioja) donde
continúa escribiendo y tiene diferentes proyectos que en un
futuro espera también publicarlos.

Dedicado, con rencor,
a quienes me incitaron
a odiar el mundo.

EL DÍA QUE FINGÍ NO ESCUCHARLA MARCHAR

Ella no toleraba la oscuridad, por ello acordamos que las persianas de nuestro hogar nunca estarían bajadas en su presencia. Esta regla se estableció también porque al encontrarse todo cerrado, sin más vistas que unas paredes blancas alumbradas por luz artificial, le invadía una asfixiante sensación de claustrofobia. Otra de sus peculiaridades era que solía padecer numerosas pesadillas y rara vez podía tocarla mientras dormíamos porque al menor contacto, se despertaba sobresaltada. Pero siempre bastó con saber que estaba ahí, conmigo.

Cada día sonaba el despertador, poco antes de tener lugar un beso, preludio de una soledad insoportable. Se iba con la noche, cuando el sol comenzaba a llenar, ante mi triste mirada, una solitaria casa con su luz.

Afrontar aquel día resultaba casi imposible. La puerta hizo ruido al cerrarse. Me levanté para bajar las persianas y mantener la oscuridad que empezaba a disiparse gradualmente en todo el cuarto (del que prácticamente, sumando el baño y una pequeña cocina, se componía nuestro hogar). Regresé a la cama y allí estaba ella aún, en aquella penumbra, pudiendo así creer en la infinidad de la noche. Entonces, sonreí y cerré los ojos.

Horas más tarde, desperté al escuchar unas llaves hurgando en la cerradura.

–¡¡No enciendas la luz!! –Grité–.

Pero no obedeció mi súplica.

– ¿Dónde está? –pregunté.

– ¿Quién?

Me llevé ambas manos a las sienes, confuso.

– Mierda... ¿Te encuentras bien? –lanzó un suspiro–. Te lo digo siempre, deberías salir a la calle y relacionarte con más gente. Estar todo el día aquí solo, viendo la televisión o escuchando música no le hace ningún bien a tu cabeza.

– Sí, cariño... lo sé.

– Seguro que ni has comido.

– No... –contesté cabizbajo.

– Venga anda, anímate... Voy a subir las persianas. Te prepararé algo de cenar que te estás quedando en los huesos. También te he comprado una sorpresa –dijo mientras levantaba la bolsa que traía en la mano provocando que las botellas de dentro chocaran entre sí, emitiendo un leve tintineo–. Ya verás que con el estómago lleno y unos tragos de buen vino te encontrarás mucho mejor.

Ella me contó cómo fue su día y a pesar del empeño que puse, apenas podía concentrarme en su hermosa voz mientras me bebía yo solo casi todo el vino. Después de cenar, recibió una llamada y yo me marché a dormir. Al levantarme de la mesa noté que estaba más borracho de lo que en un principio consideraba, así que fui tambaleándome hasta el dormitorio para caer casi inconsciente sobre el colchón.

Al día siguiente, me reincorporé con un fuerte dolor de cabeza. El sol se asomaba muy tímidamente por las ventanas. La observé a mi lado bajo aquel débil (pero emergente) resplandor solar. Pensé en los agridulces besos que traían consigo la aurora y lloré.

– ¿Qu... qué pasa, amor? Me has despertado.

Mi llanto se intensificó.
– Mierda... sigues igual que ayer... Ya no puedo seguir con todo esto. Te quiero, pero con tanto trabajo, apenas nos podemos ver... y el tiempo que paso contigo apenas consigo disfrutarlo. Estoy harta de cuidar de ti.

Entonces, sonó el despertador. Me mordí con fuerza la lengua, sintiéndome incapaz de emitir palabra alguna. Se levantó para vestirse.
– No quiero verte aquí cuando vuelva –expresó.

En ese momento me abalancé sobre ella para cogerla del cuello con las dos manos y apretar con la totalidad de mi fuerza. Se quedó paralizada, apenas hizo movimiento alguno para oponerse al macabro destino que yo había decidido para ella. Luego la solté, dejando caer su ya inútil cuerpo al suelo.

Allí tirada resultaba un claro e inasumible recordatorio de en qué me había convertido. Debía mantener la calma y borrar de mi cabeza lo sucedido. Por suerte, sabía que debía hacer.

Era aún muy temprano. Hurgué en su bolso para coger sus llaves. Me asomé al pasillo y cuando me cercioré de que no había nadie, cargué con el cuerpo hasta el ascensor. Después bajé al parking comunitario. Me volví a asegurar que ningún vecino transitaba el lugar en aquel momento y fui hasta su plaza de aparcamiento para dejar el cadáver en el maletero de su coche.

Después de eliminar cualquier rastro de lo acontecido que pudiera mermar la solidez de ese espejismo en el que trataría de buscar refugio otra vez. Regresé al apartamento, ahora llena de una horrible luz solar. La puerta se cerró tras de mí. Bajé las persianas y me metí en la cama: *buenas noches, cariño.*

SIN EL APLAUSO DE UN PÚBLICO COMPLACIDO

Se acabaron los ahorros. Comienza el hambre tras meses sin sentirme como un animal de circo, al que le tiran comida después de hacer bien el jodido numerito para el cual le han estado adiestrando toda su puta vida. Harto de la norma, de estar donde esos cerdos quieren que esté, condenándome a participar en el mecanismo de su asqueroso sistema.

Está claro que los parámetros adecuados del comportamiento de cada ser están en sintonía con la voluntad de esa gentuza que empuña las riendas de un mundo que se va a la mierda. No me es difícil imaginar que cuando se carguen la atmósfera respirable de nuestro planeta con la nociva polución de su productividad fabricarán cúpulas con oxígeno artificial donde podrán vivir ellos plácidamente junto a sus siervos más útiles, dejando asfixiarse a las personas menos pudientes en el ambiente que ellos han creado y nosotros consentimos con nuestra pasividad. Haciendo así, más evidente la purga en base al capital de cada quien que, ya en vigencia, condiciona la supervivencia de todo individuo según sirvan para los intereses de esos cabrones.

Llevo un buen rato paseándome por el chalet de mi antiguo jefe, ya que puedo condenar mi existencia a la completa inutilidad o ser un poco de mierda que se quitaran sin mucho dolor de cabeza de sus lustrosos zapatos. Mataré a ese cabrón a sabiendas de que enseguida encontrarán como llenar el puesto que dejaré vacante, de hecho, seguro que muchas alimañas aplaudirán en secreto mi acto con tal de poder aspirar a un ascenso. También puedo imaginar, si llegan a cogerme, a los medios calumniándome y reduciéndome a la categoría de un ex empleado enloquecido dejando mi pequeño acto revolucionario como un simple desvarío individual. Pero nada de todo eso me quita las ganas de llevar esto adelante. El plan (si es que a esta serie de pasos se le puede llamar así) consiste en entrar, asestarle unas cuantas puñaladas y salir corriendo. Quizá la poca elaboración en este acto de justicia ayude a los periodistas a degradar al delirio lo sucedido, pero cuanto más lo pienso, más apropiado me parece forzar este pequeño paréntesis de salvajismo en el orden que han establecido.

No sé qué pasará después, tampoco lo quiero pensar demasiado. Seguramente en mi futuro aguardan muy pocas opciones donde en el mejor de los casos acabaré huido y perseguido. Dudo que la policía sea incapaz de atar cabos y esclarecer mi identidad como uno de los principales sospechosos.

Hoy por hoy solo deseo mantenerme lejos del ámbito que ellos considerarían el adecuado para no seguir siendo su antojo. Les era útil cuando tragaba su mierda y callaba, pero es curioso cómo puedes perder en unos segundos de descontrol tu estatus social. Mi antiguo jefe sabía que había mucha gente necesitada de trabajo en la calle que aceptaría mi puesto con peores condiciones al despedirme, por eso no iba a consentir que un simple trabajador le levantara la voz.

Estos últimos meses han sido duros. La rabia no me dejaba pegar ojo, ni concentrarme en absolutamente nada. Mi cabeza reproducía continuamente todas las cabronadas que tuve que sufrir de ese bastardo, junto a la escena que provocó mi despido. Nunca podré olvidar la jodida cara de satisfacción que lucía ese malnacido cuando los gorilas de seguridad me acompañaban a la calle bruscamente con mis cosas metidas en una caja de cartón. Llegué a golpear las puertas de mi casa dejando impresas en ellas un rastro de ira hasta que un día, al contemplar mis nudillos ensangrentados, decidí redirigir todo ese odio de forma más provechosa.

Sé que mi pequeña revolución obtendría mayor relevancia si la victima ocupara un puesto más elevado en la escala de poder, pero para ser un primer paso tampoco se puede aspirar a mucho más sin sacrificar completamente las posibilidades de éxito: dado que el nivel de dificultad para perpetrar un crimen así está directamente proporcionado con el tamaño de la presa. Pero, aunque pueda parecer sobre el papel algo sencillo entrar en ese chalet, quizá acabe muerto, o quizás logre huir y tenga la oportunidad de seguir dando su merecido a engranajes más grandes de su maldito sistema. Aun así, resulta imposible negar del todo mis preferencias personales al decidir por dónde empezar a joderles y más teniendo claro que estoy dejando un rastro muy mal disimulado hasta mí.

Debido a los impagos solo es cuestión de días que a mi casero se le acabe la paciencia y cumpla sus amenazas, dejándome tirado en la calle. Y no tengo ningún lazo lo suficientemente sólido con nadie como para que alguien se pueda tomar la molestia de acogerme en su casa. Lo mire por donde lo mire, estoy jodido.

Escondido entre los matorrales observo como la mujer de mi exjefe sale en un coche de alta gama que poco a poco se aleja mientras vuelve a cerrarse la verja con ese acabado puntiagudo para intentar evitar la intrusión de tipos como yo. Iba con una bolsa de deporte así que, como parece encontrarse en una buena forma física, todas las evidencias indican que tendré como poco una hora entera para llevar a cabo mi plan mientras ella está en el gimnasio. Este era el momento que estaba esperando.

Los vecinos no me preocupan, las casas están bastante alejadas unas de otras. Solo me falta juntar el valor y saltar una de las paredes que rodean la casa de ese hijo de la gran puta. Salgo de los matorrales, me planto frente a los muros que delimitan la propiedad con todo ese alambre de espino en su punto más alto, sacrificando la estética por una mayor seguridad. Ya conocía esta casa (no fueron pocas las veces que fantaseé con hacerle una pintada mientras trabajaba para este imbécil) así que me pongo los guantes de tejido grueso, después palpo mis lumbares para comprobar que el cuchillo sigue donde debe estar. Hay un cartel que advierte: cuidado con los perros. Creo casi con toda certeza que es solo un farol, porque llevo un buen rato aquí y todavía no he oído ladrido alguno. Este afán de protección se puede considerar una descarada declaración de bienes, así que considerando que me encuentro en la más absoluta miseria, decido que después del asesinato sumaré el robo a mi lista de cargos delictivos. Cosa que me vendrá bien para buscar un nuevo lugar donde alojarme y esconderme.

Salto el muro, sin poder evitar que las espinas del alambre me rasguen una de las piernas. Sale algo de sangre. Paseo mi mirada por todo el jardín, no hay ni rastro de ningún animal. El corazón me late fuertemente dentro del pecho, los nervios se apoderan de mí de golpe. Intento tranquilizarme. Creo ver en una de las ventanas las cortinas moviéndose, puede que delatando una presencia tras ellas o quizá solo sea mi cabeza, manifestando cierta paranoia. Estoy perdiendo la perspectiva, debo calmarme. Corro hacia un punto seguro, donde nadie puede verme desde el interior de la casa.

Me exijo frialdad. No noto dolor alguno por la herida a pesar de la sangre que emana de ella. No es mucha, pero si lo suficiente como para dejar la huella de mi ADN como si fuera una inquietante firma por parte de lo que pronto será la escena de un crimen. Agarro el cuchillo, preparándome para tocar el timbre y hacer lo que he venido a hacer cuando ese cabrón abra la puerta creyendo que su mujer ha olvidado algo. Subo las escaleras que conducen hasta la entrada de la casa. Tapo la mirilla, toco el timbre, pero no hay respuesta. Insisto, hasta oír a mi antiguo jefe advirtiéndome desde el otro lado de la puerta que ya ha llamado a la policía.

Vuelvo a entrar en pánico. Comienzo a aporrear su carísima puerta blindada sin ningún resultado. Contemplo otra vía de acceso, y me fijo en una ventana cercana que golpeo sin que dichos impactos tengan efecto alguno sobre el grueso cristal.

— ¡¡Mierda, mierda, mierda!! —grito mientras descargo mi rabia destrozando a patadas las figuras de cerámica que adornan la entrada.

Seguramente accionada por algún tipo de control remoto, la verja que da acceso al garaje se abre lentamente y me empiezo a dar cuenta del creciente sonido de una sirena que parece no encontrarse demasiado lejos. Contemplo la posibilidad de salir corriendo en ninguna dirección en concreto, pero es ya demasiado tarde para eludir lo inevitable. Un coche patrulla aparca precipitadamente en la entrada. Viene a mi mente el cartel que advertía sobre los perros, cobrando ahora sentido. Dos agentes salen del vehículo para apuntarme con sus armas, uno de ellos pide gritando que suelte el cuchillo y me ponga de rodillas con las manos en la nuca. Obedezco, para seguir estando justo como ellos me quieren (aunque de diferente manera ahora, enfrentado a otro tipo de condena) y en mi cabeza, ya puedo escuchar con total nitidez los abucheos del sistema a través de las bocas de sus lacayos, de esos espectadores embobados frente al televisor.

EN LA HORA DE LOS NOBLES SACRIFICIOS

Algo, en mitad de la nada, había rasgado el casco del barco. La catástrofe era inminente. Aquel crucero, anunciado como lujoso, iba a hundirse en cualquier momento y estaba claro que los botes salvavidas no eran suficientes para todas las personas que clamaban un auxilio que, en apariencia, no iba a llegar.

En principio se iba a cancelar la travesía, dado que era temporada baja y los billetes que se habían vendido indicaban que el índice de ocupación iba a ser mínimo. Pero por temor a las demandas, decidieron realizar el viaje reduciendo todo lo posible el personal a bordo y para ahorrar combustible quitaron todas las cosas que estimaron oportunas, aligerando así el vehículo.

Carl llevaba quejándose desde que embarcó de los estrechos camarotes, de las bebidas aguadas, de la ridícula pinta de domingueros que lucían sus compañeros de viaje, etc... Claudia, su mujer, ya estaba harta y trataba de evitarlo lo máximo posible jugando en el casino de la embarcación mientras él se atiborraba con los aperitivos que ofrecían en los pocos bares operativos de aquel objeto flotante. Se habían obligado a desayunar, comer, cenar y dormir juntos mientras albergaban la débil esperanza (quizás por culpa de ese anuncio de televisión llena de imágenes paradisíacas y tripulantes felices) de que iban a poder superar su última crisis matrimonial.

El descuidado capitán afrontó este ordinario viaje con una única preocupación, follar lo máximo posible. A estas alturas de la travesía ya tenía en un cuaderno apuntadas sus deseadas conquistas, junto a los horarios de sus rutinas, captadas gracias a las cámaras de seguridad. Los requisitos para figurar en su lista eran dos: estar aparentemente sin pareja (para evitar líos superfluos) y estar mínimamente buena. Si acababa el viaje y le había metido la verga a alguna de las cuatro mujeres que tenía en su punto de mira, ya podía clasificarlo como éxito. Dado que no sabía (ni le hacía falta) los nombres de sus posibles compañeras de cama, estaban registradas con los insultantes apodos de: la tetotas, la culazo, la rubita buenorra y la culito prieto. Había también un mote tachado porque después de figurar en sus objetivos se enteró de que la edad de la muchacha era un apetecible cebo que le llevaría directo a prisión. Por tanto, se conformó con masturbarse mirando una de las cámaras de la piscina mientras la joven tomaba el sol al lado de su no tan agraciada madre.

Cuando se torció el viaje, las explicaciones tardaron demasiado en anunciarse por megafonía. Algunos viajeros

ya empezaban a intuir que algo iba mal. El capitán
no tuvo más opciones, aunque siguiera demorando la
información era inevitable que cundiera el pánico. Las
comunicaciones por radio eran indescifrables ya que
las acompañaba un ruido ensordecedor y los teléfonos
también estaban inutilizados por una extraña falta de
cobertura. Bien sabía el capitán, conocedor de todas las
argucias de la compañía de cruceros en post de exprimir
hasta el último céntimo de beneficios, que los botes no
llegaban para todos. Era hora de afrontar que no todo
el mundo podría salvarse. Los trabajadores se reunieron
con todos los que decidieron hacer caso a las indicaciones
en la cubierta principal, cerca de los botes salvavidas y el
capitán dijo, lo que en estos casos se suele decir con una
innecesaria y torpe sinceridad:
— No sé si los botes llegarán para todos, así que demos
prioridad a los niños y a las mujeres.

Carl se enfureció al oír aquello. Opinaba que lo de
los niños era poco discutible (a pesar de que en el fondo
hubiera matado a cinco de ellos por salvarse él), pero
lo de las mujeres le resultaba escandalosamente injusto.
Argumento que compartió a gritos con todos provocando
una mirada llena de asco de muchas pasajeras (incluida
Claudia). En cambio, la mayoría de los hombres allí
presentes vitorearon las palabras de Carl, mientras
alguna de las mujeres trataban de recurrir sin éxito a la
anticuada caballerosidad para favorecer sus intereses de
supervivencia.

Ante este improvisado debate que generaba la inactividad en medio de una inminente catástrofe, el capitán optó por hacer algo ya que la mayoría de los niños estaban llorando desconsolados:

– Bien... Primero zarparán los botes con los menores y a cada uno, dada la necesidad de ello para tener alguna posibilidad de llegar a tierra, le acompañaran ambos progenitores. Luego ya veremos cómo repartimos los botes que queden.

Claudia se alejó indignada de allí y casi todas las mujeres sin derecho a una plaza hacia la salvación hicieron lo mismo. Muchos de los hombres, en cambio, se acercaron a Carl felicitándole por sus heroicas palabras. Había algunos rezagados que parecían no saber muy bien cómo actuar en un momento así, reacios a formar parte de un grupo basándose en el pretexto que fuera. Ajeno también a esta disputa, el capitán dio instrucciones claras a su tripulación y delegó en ellos la responsabilidad de salvar a los niños y a sus padres, que iban llenando poco a poco los botes. Luego fue a su puesto para ver como de grande era el desastre. Por los vídeos de seguridad podía observar hasta donde alcanzaba el agua y de momento, solo se había filtrado una poca en los camarotes inferiores destinados a los trabajadores de la embarcación. Ya no le importaban las mujeres de su lista, solo deseaba salir de esta a cualquier precio.

Algunos viajeros ya gobernados por la desesperación habían optado por tirarse por la borda, cosa bastante estúpida dado que llegar nadando a la costa más cercana era una proeza imposible. Uno de los empleados de cocina aprovechó la situación para asestar a su jefe, que siempre le estaba ridiculizando y gritando, unas cuantas puñaladas por la espalda con un cuchillo bien afilado con el que luego se suicidó. Otros trataban de llegar ricos a su tumba acuática, golpeando las máquinas tragaperras del casino. Todo era un jodido caos lleno de historias que avergonzaban la naturaleza humana.

En el momento en el que el capitán trataba de abrir una caja fuerte, a la que solo él tenía acceso, entraron dos miembros de su tripulación:

— Joder chicos... Justo ahora os iba a buscar. Os necesito.

— Diga, mi capitán... ¿Qué vamos a hacer? —contestó uno de ellos.

El capitán sacó de la caja fuerte varias pistolas conseguidas de manera ilegal en el mercado negro y con una sonrisa, dio un arma a cada uno de sus secuaces:

— Me quedan algunas más. No tengo demasiadas balas, pero si las suficientes. Buscad a gente por las que pondríais la jodida mano en el fuego y comentarles que nos reuniremos aquí en quince minutos.

— Sí capitán —dijeron casi al unísono.

Los niños y sus familiares habían llenado ya unos cuantos botes mientras Carl y su séquito estaban dejando claro que no iban a consentir que esas mujerzuelas ocuparan su plaza hasta la salvación. Se podía observar también en la cubierta principal a ciertos tripulantes que ya resignados iban caminando desganados sin rumbo por el barco intentando que, de repente, les funcionara el teléfono.

Sin previo aviso un grupo de mujeres aparecieron corriendo hacia Carl y los demás, armadas con cualquier cosa encontrada por el barco que fueran idóneas para provocar lesiones. A los hombres les pilló desprevenidos y muchos cayeron de un solo golpe mientras los paralizaba la sorpresa. Unos eran totalmente inocentes, mientras otros se intentaban defender a puñetazos contra ellas. Algunos pasajeros no querían participar en esa barbarie, optando por mantenerse alejados de la pelea. Los hombres estaban en clara desventaja, ya que su número era ligeramente menor y ellas estaban armadas. Carl cayó de un fuerte impacto en la cabeza cuando trataba de ganar violentamente la reyerta. Su propia mujer le propinó el golpe por la espalda con una pesada figura de hierro, concluyendo así todas las rencillas pasadas.

La victoria de las mujeres era ya prácticamente un hecho. Algunos hombres salieron corriendo, otros clamaron en vano clemencia. Parecía que la salvación

iba a ser para ellas, pero el barco estaba cada vez más
hundido y había que ser rápidas.

– ¿Dónde están los trabajadores que estaban ayudando a
salvar a los niños? –exclamó una.

Tuvieron que asomarse a las aguas para ver que muchos
miembros de la tripulación y algunos pasajeros habían
aprovechado el jaleo de la pelea para marcharse del barco.

– ¡¡Joder, que hijos de puta!! –gritó Claudia–. Quedan
muy pocos botes.

Toda la cubierta estaba llena de cuerpos, en su
mayoría hombres, algunos muertos, otros inconscientes
o aferrándose desesperadamente a la vida. Ellas ni se
plantearon socorrer a sus compañeras heridas, es más,
muchas de las mujeres sabiendo que posiblemente no
cabrían todas, tuvieron la tentación de atentar contra sus
iguales, pero antes de tener la posibilidad de dar pie a más
impulsos de lucha, apareció el capitán y su improvisado
grupo de fieles apuntándolas con sus armas:

– Vaya, vaya... –dijo.

Ellas se quedaron horrorizadas, sabían que estaban a
merced de ellos. El capitán dio orden de ejecutar a todos
los hombres restantes y a todas las mujeres que no fueran
follables. Los secuaces obedecieron entre risas mientras
los que estaban rezagados cerca de allí huyeron de aquella
zona al escuchar los disparos.

Quedaron varias en pie, ninguna era Claudia. Entre las supervivientes se encontraba una vieja conocida del capitán:

— ¡¿Porque nos habéis dejado con vida, miserables?! – pronunció llena de ira.

— Verás... hay un largo viaje hasta tierra y ni yo, ni ninguno de mis hombres se quiere aburrir mientras tanto —anunció a la vez que se acercaba a ella, la denominada en su lista como la tetotas— y tú serás mí divertimento.

Al oírlo, una de las siete supervivientes amagó con tirarse por la borda, pero uno de los hombres la agarró y todas fueron obligadas bajo amenaza de disparo a meterse en el bote con ellos. Lloraban amargamente porque sabían lo que les esperaba.

— ¡¡Mirad!! Todavía quedan dos botes —bromeó el capitán con crueldad.

Cuando una tropa de rescate encontró el bote del capitán y sus camaradas, no había ni rastro de aquellas mujeres, ni tampoco de las armas de fuego.

EL SACRIFICIO DE OTRO PARIA

*"Si te gusta la escuela, te encantará el trabajo, y
vivirás feliz hasta el fin de tus días"*

Irvine Welsh

En su día Andoni jamás dio la más mínima relevancia
a aquel castigo que acabó convertido en una terca
manifestación espectral cuyo vocabulario se reducía
a una sola frase. Y aunque su origen era tan solo otro
episodio de tantos reforzando la teoría de que existía
dentro de un mundo empeñado en joderlo: empezó a oír
la voz hace unos meses, mucho después de que su vida
se fuera a la mierda. Vivía solo, en un apartamento que
sus acomodados padres le pagaban para librarse de él.
También le pasaban una asignación económica que cada
mes, puntualmente, aparecía en una cuenta bancaria cuyo
saldo nunca alcanzó las cuatro cifras. Andoni apenas veía
a sus padres pese a que el trayecto entre el chalet de ellos y
su casa era de unos quince minutos en coche.

El mundo estaba diseñado para el idóneo modelo que
marcan las sagradas pautas de la ejemplaridad (aunque tal
como funcionan las cosas, no vendría mal reconocer la
existencia de una notable diferencia entre la normalidad

y la licitud). Por ello, la vida siempre resultaba más fácil para los que eran capaces de fluir con las imposiciones. En cambio, Andoni siempre se vio obligado a estar en pie de guerra contra todo. Resultaba la actitud natural de un perdedor en un contexto que, con pleno derecho, podía considerar adverso. Y a pesar de haber logrado que lo contrataran en algún trabajo, sobre todo en bares de poca monta, apenas duraba en el cargo por sus constantes salidas de tono con los clientes desconsiderados e irrespetuosos.

Andoni siempre tuvo un carácter difícil, incluso de niño y la gente parecía confundir a menudo las formas con el fondo. Recuerda aquel autobús de mierda a medio llenar de alumnos que lo llevaba del colegio a casa y viceversa. Dado que no se completaba el aforo máximo del vehículo, el cuidador fijó una norma para que los alumnos no se desperdigaran y por eso, sólo se ocupaban los asientos pertinentes, dejando las seis últimas filas vacías. Una tarde, de vuelta a su pueblo, Andoni con unos diez años hizo enfadar (no recuerda demasiado bien cómo) al cuidador y éste lo colocó por la fuerza mientras el crío pataleaba al fondo del vehículo, en medio de la habitual fila de cinco asientos, para luego anunciar que daba permiso a todos para propinar los golpes que estimaran oportunos al castigado. La mayoría de alumnos de cursos superiores al de Andoni se levantaron para darle puñetazos, patadas y tortas entre carcajadas. Cuando acabaron de golpearle, declaró entre sollozos y a gritos, que todos eran unos hijos de la gran puta. Afirmación que provocó otra ronda de agresiones. Entonces Andoni solo pudo llorar. Luego hubo otra tanda de hostias bajo el único pretexto del simple divertimento. Recuerda todavía a esos malnacidos haciendo fila en el pasillo sonrientes, aguardando su turno para hacerle daño con la permisividad del conductor y el cuidador. Todavía se llenaba de rabia al rememorar aquello. Nunca comentó nada en casa y nadie pareció reparar en las marcas que tenía por todo el cuerpo.

Hacía ya unas cuantas semanas que Andoni no salía de casa y esa voz con la que debía convivir sonaba cada vez más fuerte en su cabeza. Cuando esto sucedía, trataba de limpiar su apartamento con mucho esmero para distraerse. Este remedio no siempre funcionaba y tenía que recurrir, cada vez con más frecuencia, a pimplarse una botella de ron.

Para mantener su reclusión recurría al comercio online, donde principalmente compraba bebidas alcohólicas y algunas latas de conserva. Le costaba mucho que su cabeza le permitiera dormir y últimamente, había notado que empezaba a temblar si escuchaba algún ruido que delatara la presencia de gente en el portal.

También recordaba con plena claridad como aquella profesora de inglés grabó a fuego en su cabeza el símbolo de su maldición, esa consigna, la voz que resurgiría muchos años después, cobrando un desmesurado protagonismo cuando cansada de la actitud de Andoni (que nunca cumplía con las tareas que ella mandaba para hacer en casa) le obligó escribir bajo amenaza de expulsión doscientas veces: *la inutilidad no es motivo de orgullo.*

Dada su falta de interés por prácticamente todo, para Andoni la mecánica cerebral era un completo misterio. Aunque sospechaba que, al obsesionarse y otorgar tanta importancia a ese recuerdo en particular, había generado una conducta viciada y escuchar esa voz no era sino una mala costumbre, un eco del pasado que se había aferrado a la inercia produciendo ese infinito bucle que le estaba jodiendo la puta cabeza. De hecho, recordaba haber visto en algunas películas que la CIA para torturar a sus prisioneros, les ponían sin descanso el fragmento de una canción hasta que acababan por volverse locos.

Para Andoni la vida siempre resultó un duro ejercicio de resistencia. Pero, ya estaba harto de tener que mamar ron del pecho de la desesperación para aguantar un día más con vida en un mundo donde sobraba. El alcohol era el único bálsamo capaz de volver borrosa aquella voz y aquellos numerosos recuerdos, pero también los conceptos, las palabras se estaban diluyendo ante sus ojos ausentes.

Costaba encontrar alguna justificación para el tiempo abarcado. Andoni tampoco tenía la capacidad de hallar excusas para albergar cierta esperanza sobre la existencia de un futuro en el que las cosas mejoraran. Nunca le interesó hacer amigos, en realidad le costaba mucho trabajo tolerar a los demás y se había vuelto tremendamente desconfiado. Tampoco había sentido eso que llaman amor, solo un deseo perverso por alguna mujer que otra con las que protagonizó varios momentos de sexo sórdido que jamás formaron parte de una relación formal. Por lo demás, el aura negativa que Andoni desprendía (y está cada vez era más evidente) no era un reclamo eficiente para atraer a nadie. Sus malas pulgas generaban cierta reticencia a casi todos a la hora de acercarse demasiado a una persona tan cansada del mundo.

Despertó ese día en el sofá para ver en el reproductor de DVD que eran las 13:18. Ya que madrugar era una autentica tontería, solía acostarse a las tantas, después de beberse unas cuantas cervezas y ver un par de esas películas que compró hace tiempo en una tienda de segunda mano a la que tenía por costumbre ir a menudo. En la televisión, que nunca apagaba, estaban echando uno de esos programas de mierda que acaparan casi la totalidad de la programación. Esperaba otro duro día por delante, sin nada que hacer, salvo resistir.

La voz seguía presente en su cabeza, metiendo su asqueroso dedo en una llaga incurable. Se veía a leguas que estaba jodido, pero nadie hacía caso a las señales emitidas y sangrar, era la única forma que Andoni conocía de pedir ayuda. Quizá era el momento idóneo para aprender que ninguna historia merece tanta pena.

CON LOS DÍAS CONTADOS

Confinados en la última planta de un hotel, esperaban. Existía una seria amenaza de una extraña pandemia que toda autoridad se esforzaba en contener.

En este lujoso recinto, una pareja de turistas coreanos mostró claros síntomas de contagio de este virus mortal. Ninguna de las apresuradas pruebas en los laboratorios había llegado aún a concluir como se transmitía el virus, ni tampoco sabían cómo tratarlo con una mínima eficiencia. De todas formas, los médicos por seguridad, separaron en tres zonas distintas a los huéspedes y personal del hotel: los que estaban sanos, los que presentaban alguna duda sobre su salud (por muy leve que esta fuera) y los que estaban ya enfermos. Por suerte, los primeros indicios de contagio eran claros: unas manchas negras en la planta de los pies que luego se extendían, pocas horas antes de la muerte, por el resto del cuerpo. Por esa razón, los cadáveres manifestaban unas oscuras líneas irregulares por toda su fisionomía como evidencia de la enfermedad. Hacía una semana que la pareja encargada de propagar involuntariamente el virus había fallecido entre terribles dolores.

La última planta del hotel era el área de los enfermos,
a la que casi nadie tenía permitido el acceso. El grupo
constaba de cinco personas entre los que se encontraba
Mike, un importante y rico empresario. Su política de no
alterar por ninguna debilidad moral su ambicioso rumbo
hacia lo que él catalogaba de cima, le había impedido
formar lazos afectivos reales con nadie, pero bien sabía
que su indecente fortuna lo podía comprar casi todo.

Este grupo de enfermos estaban enterados, por las
palabras de los médicos, que no tardarían en empeorar,
aunque pudiera parecer ahora que gozaban de plena salud.
Mike había visto en las noticias una simulación digital de
los estragos que el virus causaba al cuerpo humano en su
última fase y eso, como a todos los demás, le despertaba
mucho temor.

La espera permitió a Mike hacer balance de lo que
había sido su vida y, a sus casi sesenta años, no se
arrepentía de nada. Estaba claro que a todo el mundo
le llega su hora y él de poco se podía quejar, aunque le
costaba soportar el funesto ambiente que reinaba en
aquel recinto de espera en la que, a estas alturas, ya había
abandonado casi toda esperanza, aguardando su destino
sin demasiados dramas.

Llegado el octavo día de aislamiento se abrieron
las puertas del ascensor. Los médicos acompañados

del personal policial que se aseguraban de que los enfermos no abandonaran de ninguna manera la zona de cuarentena enfundados en unos trajes aislantes, les ofrecieron drogas a todos para mitigar la tortuosa última etapa del virus. Claro estaba ya que se podían dar por muertos.

Escapar de allí era imposible, las puertas que conducían a las escaleras estaban cerradas con llave, el ascensor funcionaba con una tarjeta que ninguno de los enfermos poseía y las ventanas estaban bloqueadas por un sistema de seguridad electrónico. Eso sí, las autoridades sanitarias habían tenido la consideración de facilitar a todos un número de teléfono para que llamaran en caso de necesidad.

Entre el resto del grupo de infectados había una pareja con rasgos árabes que, por hablar un idioma ajeno al resto, estaban voluntariamente encerrados en su habitación. Otro (que según el personal sanitario iba a ser el primero en sufrir la última fase de la enfermedad) se había rajado las venas en la bañera dejando una carta de despedida ininteligible por culpa de una pésima caligrafía. Mike no tardó en entablar una amistad con Hugo, con el que se dedicaba a charlar, jugar a las cartas o al ajedrez y otras pocas actividades más de índole semejante en ese limitado espacio donde se encontraban recluidos.

En el televisor los periodistas emitían informaciones muy confusas sobre la situación. Ninguna cadena se ponía de acuerdo con el origen del virus (aunque la mayoría de las teorías apuntaba a que tenía que ver con ciertos organismos microscópicos de un diminuto meteorito caído semanas antes en suelo terrestre). De momento, salvo unos pocos focos de contagio no se había generado una alarma pública. Los políticos insistían en tener todo controlado y muchos ciudadanos opinaban que el virus era una especie de leyenda urbana.

Quedaban aproximadamente dos días para que la enfermedad se mostrara extremadamente cruel con Mike, conocedor de que el tiempo jugaba en su contra, no soportaba estar sin hacer nada tumbado en la cama mientras miraba el reloj de la pared esperando su final. Entonces, decidió ver si su amigo estaba dispuesto a hacer algo para hacer más amena la situación.

Al pasar por delante de las estancias del suicida camino a la habitación de Hugo percibió un aroma repugnante que, al parecer, habían pretendido enmascarar con alguna especie de ambientador. Lo que le dio pie a pensar que el cadáver de aquel pobre diablo seguía allí.

Después de llamar insistentemente a la puerta de Hugo, éste lo recibió con los ojos totalmente enrojecidos de tanto llorar. No era la primera vez que Mike lo veía así, en estos últimos días fueron frecuentes los discursos de arrepentimiento de Hugo, lamentándose por su fallido matrimonio y por apenas haber hecho caso a unos hijos que en el fondo nunca soportó.

— Venga... no te vengas abajo, posiblemente nos quede poco tiempo así que... ¡Intentemos disfrutar algo! –sugirió Mike.

— Ahora no puedo, lo siento...

— Mira, sé que es una putada todo y que estarás hasta los cojones, como yo, de jugar a cartas, de ver la televisión y todas esas mierdas... pero me niego a irme de este mundo jodido.

— ¿Y qué más podemos hacer?

Tras varios segundos pensativo Mike citó a Hugo en su habitación esa misma noche, con la esperanza de poder tenerle una sorpresa preparada. Luego, se despidió con prisa. Hugo cerró la puerta algo confuso, volvió a la cama y se acurrucó, temeroso, en posición fetal.

Pocos minutos después comenzaron a escucharse por parte de la última planta los terribles gritos de dolor del matrimonio extranjero, porque por culpa de sus principios, habían rechazado las drogas de los médicos. Sus lamentos no duraron más que un par de horas, que les debieron resultar eternas. Hugo tuvo que subir el volumen de su televisor para no oírlos.

A pesar de todo, ambos se encontraron a la hora acordada. El empresario estaba esperando a su amigo, con una sonrisa de oreja a oreja y una botella de vino en la mano frente a su cuarto, de pie en el pasillo desde donde se podía oír música a todo volumen:

– Ha costado, pero tengo una sorpresa para ti que alegrará esa cara de funeral que traes.

Luego abrió la puerta y estaban dos mujeres completamente desnudas sobre la cama.

– La morena es la mía –dijo tras volver a cerrar.

– Pero.... ¿cómo?

– No te preocupes, son prostitutas. Harán todo lo que les pidamos.

– ¿Cómo has burlado a los médicos y a la policía?

– Puff... me he dejado una pasta en untarles y he tenido que tirar de contactos, pero no hay problema alguno. Además, he prometido pagarles el triple de su tarifa habitual a estas muchachas.

– ¿Ellas están al corriente de la situación?

– No te preocupes. Los médicos les han comentado que no existe posibilidades de contagio.

– Eso es algo que no saben.

– Ya te dije, me he gastado un dineral en sobornos... Total, ya no me servirá de nada mi fortuna.

– Joder... –comentó Hugo algo aterrado– ¿En qué mierda de mundo vivimos?

– Tío, son solo dos guarras...

— ¿Y qué pasará si les contagiamos el virus?

— Pues que aquí seremos siete cadáveres, en vez de cinco. Ya sabes, los medios están dando noticias muy confusas, no saben el número real de la gente que hemos estado aquí confinada, nadie sabrá que esas dos cerdas vinieron después.

— Eres... un cabronazo...

— ¡¡Pues vete a compadecerte a tu habitación, subnormal de mierda!!

Hugo se marchó cabizbajo mientras Mike entraba en su habitación. Dio un fuerte portazo y bebió apresuradamente un buen trago de vino, el líquido le desbordó de la boca hasta empaparle gran parte de su camiseta:

— Al final, seréis las dos para mí solo —anunció sonriendo.

LADRONES DE VOZ

Celia se despertó desnuda, agitada y muy confusa. El camisón y las bragas con las que se marchó a dormir yacían tirados en el suelo, al lado de la cama. Las sábanas estaban completamente empapadas de sudor sin que el clima pudiera justificarlo. Unos extraños flashes se reproducían en su cabeza mientras trataba de ordenarlos para concederles algún sentido, situándolos en la explicación más cuerda y probable. *"Fue todo una pesadilla"* se dijo en voz alta antes de notar como su sexo supuraba un líquido mucoso y verde descomponiendo esa teoría. Intentaba controlar la respiración para no entrar en pánico. Abrió el cajón de la mesita de noche situada junto a su lecho para coger un ansiolítico que tomó sin agua, dejando deshacerse la pastilla en la boca. Se levantó de golpe y corrió hacia el baño para ducharse.

Mientras caía el agua fría sobre ella, se pasaba la esponja frenéticamente por todo su cuerpo. Seguía tratando de ordenar todos los hechos en su cabeza, intentando solucionar un enigma que guardaba una revelación terrible: aquel resplandor en medio de la noche, los tres seres que vio en su habitación, a los que sintió dentro de ella mientras le invadía una parálisis completa. Empezó a ser capaz de recordar la febril temperatura de aquellos cuerpos, el intenso ardor al borde de abrasarle la piel... y sintió como si tan solo estuviera contemplando una manifestación del subconsciente, una oscura fantasía con esas extrañas presencias desarrollándose en un contexto onírico que la mantenía a salvo de cualquier daño físico pero que, lamentablemente, resultaba demasiado real.

Celia decidió ir al hospital (recinto que conocía ya de sobra) para que la examinaran y comprobaran que aquellos seres no habían perjudicado su salud de ninguna manera.

Se sentía muy nerviosa en aquel autobús abarrotado de gente, notaba su pulso acelerado al tiempo que miraba a los demás algo paranoica y llena de miedo, como si fueran a lastimarla de alguna forma. Llegó al destino sin incidentes. En recepción le atendió una señora que algo arisca le preguntó por el motivo de su visita al centro. Celia dudó antes de contarle lo sucedido, optando finalmente por simplificar todo a una sola frase que pronunció tartamudeando: *"m...me han violado"*.

La mujer de recepción se sobresaltó para después volverse cariñosa al instante:
– Hija... no... no te preocupes, aquí te ayudaremos. Dame la tarjeta sanitaria, aguarda un momento en la sala

de espera y si necesitas cualquier cosa o te sientes mal, por favor, no dudes en venir aquí a decírmelo.

– Sí... –contestó Celia mientras buscaba en su cartera– gracias.

La mujer de recepción contestó con una sonrisa cuando Celia le facilitó la tarjeta antes de dirigirse a la sala de espera donde no había apenas gente, a parte de un hombre con una escayola en el brazo y una pareja con caras de preocupación junto a un cochecito de niños vacío. Celia se sentó lo más lejos posible de todos, en un rincón de la sala llena de asientos de plástico azules colocados en hileras. Sobre ella parpadeaba un tubo lumínico. Repasó el techo y observó que, salvo esa única excepción, el resto de luces funcionaban perfectamente. Dejó divagar su mente, se le puso la mirada ausente mientras pensaba en que dios estaba intentando decirle algo con una incoherente dicción en morse a través de los estertores del tubo fluorescente. Una leve sonrisa asomo en la cara de Celia por la extravagancia de su propia ocurrencia. Quería tener la mente ocupada para no reparar demasiado en los recuerdos de anoche.

Al ver el expediente de Celia con una amplia extensión de antecedentes psiquiátricos la recepcionista dudó sobre la fiabilidad de las palabras de la muchacha. Las preguntas llegarían antes o después, pero ya era hora de precisar a qué tipo de situación se enfrentaban. Caminó hacia Celia y discretamente le preguntó:

— ¿Conoce a quien abuso de usted?

— No.

— ¿Dónde fue?

— En mi casa, mientras dormía.

— ¿Forzaron la puerta o entraron por alguna ventana?

— No. No creo...

— Al menos... ¿Podría decirme que aspecto tenían?

— Verá... es que... creo que no eran de este planeta.

2

El doctor Juan Ramón Hidalgo se encontraba en su despacho, hablando por teléfono con un colega de profesión que conoció cursando la carrera de psiquiatría hace ya más de veinte años. Lo primero que enseñan cuando tratas con enfermos es jamás empatizar demasiado o desarrollar cualquier tipo de vínculo afectivo con ellos, norma que a Juan Ramón no le costaba esfuerzo alguno obedecer:

— No me lo puedo creer —se podía escuchar al otro lado del auricular.

— Te lo juro, está convencida de que unos extraterrestres fueron a su casa a violarla.

— Joder...

— Ya le habían diagnosticado antes delirios esquizoides junto con depresión y conducta antisocial.

— ¿Y cómo se gana la vida?

— Ya sabes que estos parásitos de mierda suelen agarrarse a las pensiones por invalidez o cualquier otra cosa que implique no doblar el lomo.

— Sí, al final tenemos que pagar como bobos impuestos y subvencionar a esta gente sus constantes visitas al mundo del delirio.

— Así es... Deberían hacer algo de provecho con ellos, como triturarlos y hacer carne picada para perros.

— Desde luego. Oye... ¿Cuánto tiempo lleva ingresada la chica esta?

— Cinco días.

— ¿Es problemática?

— No sé qué decirte... Ya la primera noche la tuvimos que tener atada porque se negaba a ser ingresada, pataleaba tanto que tiene las muñecas y los tobillos llenos de marcas por las correas. Lo bueno que no tiene familiares ni amigos, así nadie se quejará pase lo que le pase. Ahora está prácticamente sonámbula con la cantidad de tranquilizantes que le inyectaron.

— En fin... Oye tengo que dejarte, me toca ahora atender a alguien. Ya me seguirás contando.

— Sí, está bien. Hasta luego.

— Hasta luego.

Juan Ramón contempló el reloj de su despacho, aún quedaba hora y media para irse a casa. Quienquiera que ahora le dijese que un día este fue el trabajo de sus sueños parecería un absoluto estúpido. Aún podía recordar cómo después de graduarse casi le suplicó a Rubén que moviera algunos hilos para conseguirle un puesto en los servicios públicos de salud. A Rubén Gutiérrez, su compinche habitual de travesuras infantiles, le habían ido muy bien las cosas, llegando a lograr alcanzar un muy importante rango en el servicio militar. ¿Quién iba a decir que aquel crío, al que le gustaba robar revistas guarras en el quiosco del barrio, acabaría siendo un tipo con cierto poder? Juan Ramón se incorporó en el asiento y volvió la mirada de nuevo al reloj. *El tiempo pasa muy despacio en esta silla*, pensó. De todas formas, desde que Rubén le colocara en este empleo tan bien pagado siempre se sintió en deuda con él. Deuda que, aun sin saberlo, pronto podría saldar.

3

Todavía le dolían muchos las heridas en los tobillos y en las muñecas. No podía recordar con precisión cuantos días llevaba allí encerrada. La duda infectaba su cabeza, aunque optó por hacer caso al médico y considerar aquel espantoso acto sufrido una alucinación. Era lo más probable, siempre tuvo el miedo de que, alguna vez, se descontrolara más de lo debido su imaginación. Por fin había ocurrido, pero ya lo único que le importaba era salir de allí y volver a su casa.

La sección de salud mental ocupaba la mitad de la tercera planta de un grandísimo hospital. La parte para los internados se dividía en una sala para fumar, otra para las actividades recreativas, el comedor, los largos corredores por donde poder pasear y las zonas exclusivas para los profesionales cuyo acceso estaba totalmente prohibido para los ingresados. Algunos enfermeros llevaban un enorme juego de llaves en su bolsillo que les permitía impedir el paso a la zona que estimaran oportuna, por ejemplo, a las bulímicas les controlaban así las visitas al baño para que no pudieran vomitar. Generalmente los enfermeros cuidaban de que todo estuviera en orden y, salvo los sábados y domingos, los psiquiatras llamaban a su despacho a los ingresados para contemplar su evolución. El doctor Hidalgo era quien tenía el poder de dejar libre a Celia dándole el alta cuando estimara oportuno.

La gente que estaba allí interna, a opinión de Celia, la mayoría parecía bastante agradable. Resultaban ser personas con la que se podía mantener conversaciones y a menudo interesantes. El tiempo se podía ocupar con juegos de mesa, talleres de dibujo o manualidades, leyendo libros o la prensa que cada día les facilitaban y otras actividades por el estilo. Todos los pacientes poseían una habitación que gozaba de una cama, un armario y baño propio. Y como Celia ingresó con lo puesto, los enfermeros le dieron algo de ropa que el hospital tenía preparado para casos así.

Cada mañana Celia solía despertarse con el sonido que hacían las persianas eléctricas al subir dejando entrar la luz diurna, se duchaba e iba a desayunar. Ese día, mientras se frotaba el pelo con aquel jabón líquido que les daba el hospital y que olía a detergente industrial, contempló que su vientre se encontraba ligeramente hinchado. Pensó que seguramente serían gases por la cantidad de verduras en la que se basaba la dieta hospitalaria. Aunque su abultado abdomen no pasó desapercibido a los enfermeros. Una vez informado, el doctor Juan Ramón empezó a contemplar la posibilidad de que quizá la extraña visión de Celia escondiera algo de verdad. Y con esta nueva opción sobre la mesa decidieron que lo más adecuado a la situación sería hacerle un test de embarazo, siendo este uno de los pasos a seguir con las víctimas de agresiones sexuales.

4

— Sí, está embarazada. Al final parece que algo pasó, pero no sabemos exactamente qué, porque si tenía en su cuerpo alguna evidencia física que corroborara su historia

del abuso grupal, ya no está –comentaba a su colega
por teléfono el doctor Juan Ramón–. Pero si de verdad
la violaron, puede que el delirio fuera alguna clase de
síntoma postraumático.

– No me extrañaría dados sus antecedentes. En fin, me
temo que este caso ha dejado de hacer gracia... ¿No?

– No sé qué decirte...

Entonces una de las enfermeras golpeó con sus nudillos la
puerta del psiquiatra varias veces.

– Luego te llamo, tengo que dejarte.

– Sí está bien. Hasta luego.

– Chao.

El doctor Hidalgo colgó el auricular y alzó su voz para
pronunciar la orden a la enfermera de que podía pasar.

– ¿Que ocurre? –Preguntó nada más verla.

– No se lo va a creer... Le hemos hecho la ecografía
que ordenó a Celia y el bebé presenta una muy extraña
morfología.

– ¿Una deformidad?

– No lo sé, nunca había visto nada parecido.

– Ponedla ahora mismo en aislamiento, encerrarla en la
habitación –pronunció algo alterado Juan Ramón– y no
comente esto con nadie... ¿Entendido?

– Sí.

– Solo quiero que tengan contacto con ella para llevarle comida o cuando sea estrictamente necesario. Es más... que nadie entre a su habitación sin mi permiso.

– Así se hará...

El doctor Juan Ramón ya había trazado un plan en su cabeza. Solo consentiría el acceso a la habitación de Celia a su círculo de confianza. Había que moverse con agilidad y tenía claro que lo siguiente que debía hacer era llamar a Rubén.

5

Sus padres eran vecinos y dado que ambos tenían la misma edad, era natural que Juan Ramón y Rubén acabaran por hacerse amigos. Iban también al mismo colegio, por ello solían estar juntos con bastante frecuencia. Rara era la tarde que no pasaban sobre sus bicicletas, en el salón recreativo o haciendo trastadas por el barrio. Aunque de eso hace ya mucho.

– ¿Rubén?
– Si... ¿Quién habla?
– Soy Juan Ramón, me diste este número por si me ocurría algo alguna vez.
– ¿Estas en algún lio?
– No, pero creo que te interesará un caso que tengo.

– Soy todo oídos.

– Tengo encerrada a una paciente que ha sido víctima de una violación.

– ¿Y qué?

– Al parecer sus agresores no eran de este planeta.

– ¿Estas de broma o qué? –pronunció algo mosqueado–. Te recuerdo que trabajas con locos.

– Verás... está embarazada, el feto está creciendo a una velocidad anómalamente rápida y eso sin mentar que su morfología es muy muy inusual.

– ¿Estás seguro de todo esto?

– Sí. Pero tranquilo, la tengo puesta en aislamiento y solo miembros de mi estrecha confianza tienen permiso para acceder a ella.

– Bien, voy para allá.

6

Ya de por si el internamiento no estaba siendo una experiencia muy agradable, pero afrontarlo en aislamiento lo hacía muchísimo más duro. Los enfermeros que entraban apenas le dirigían la palabra, nadie le contaba que estaba pasando. Celia añoraba las conversaciones con los otros pacientes o las risas que a veces se hacían mientras veían la televisión. Ahora se pasaba el día tumbada en la cama, mirando al techo o intentando leer algo, a pesar que le era muy costoso seguir el hilo de cualquier trama porque la medicación la dejaba aturdida.

Tenía la sensación que nunca iba a salir de allí, su cabeza seguía jugándole malas pasadas. Trataba de negar las visiones, pero miraba hacia abajo y podía ver con absoluta nitidez su abdomen abultado. Podía también sentir los movimientos de algo vivo en sus entrañas a la vez que percibía una intensa calidez en su matriz. *Está claro que las pastillas no funcionan*, se decía. De alguna manera siempre pensó que acabaría encerrada en un sitio así desde la muerte de su madre Silvia hace ya más de tres años. Celia idolatraba a su madre, que fue capaz de sacarla adelante sola cuando en esos tiempos ser madre soltera estaba muy mal visto. Celia aún conservaba el eco claro y fiel de la respuesta, como si no hubiera pasado tiempo alguno, que obtuvo cuando preguntó a su madre porque había tenido que cortar toda relación con su padre: *si el fuego alcanza tu mano, las quemaduras acaban resultando una valiosa lección para sobrevivir.* Y nunca más sintió ninguna necesidad de saber de ese hombre.

La niñez y adolescencia fueron épocas muy difíciles para Celia ya que siempre le costó encajar con los demás. En el pueblo donde creció era constantemente humillada por comentarios hirientes o crueles (y falsos) rumores. Por esas calles circulaban muchas historias, como la de que Silvia fue prostituta y que tras un descuido con un cliente tuvo que mudarse a ese pueblo, repudiada por sus familiares para intentar criar a Celia en paz. La verdad es que Silvia también era bastante independiente, no tenía amistades, ni parecía necesitarlas. Se tenían la una a la otra y eso bastaba. Los abuelos de Celia tampoco tuvieron un papel relevante en la vida de ella, ya que a partir de que Silvia cayera en estado apenas se volvieron a dirigir la palabra. Silvia nunca les perdonó que la dejaran en la calle embarazada de seis meses forzándola a coger un autobús y tirar de sus escasos ahorros para salir adelante. Por suerte, en su nuevo hogar enseguida consiguió empleo en una mercería.

A los dieciséis años, diagnosticaron a Celia una grave depresión con síntomas psicóticos que aun, casi doce años después, seguía sin mejorar. Después del fallecimiento de los padres de Silvia en un accidente de coche pudieron mudarse a una casita de campo algo apartada del mundo en una zona rural gracias a lo heredado. A Celia le sentó bien el cambio de domicilio, pero aún tenía que ir de vez en vez a ver al psiquiatra para controlar la medicación. Todo parecía ir encauzándose hacia alguna clase de mejoría para Celia, hasta que el corazón de su madre dejó de funcionar.

A lo largo de su vida Celia fue examinada por muchos médicos. Unos le diagnosticaban una cosa y otros otra, lo que implicaba constantes cambios en su medicación.

Su cabeza no era la de siempre. Sospechaba que tanta especulación sobre su enfermedad y tanta prueba y error con los fármacos acabaron por joderle las neuronas. Desde que enfermó en la adolescencia nunca había vuelto a notar la cabeza en su sitio, ni claridad mental alguna, pero jamás se le ocurrió dejar el tratamiento por miedo a acabar como estaba ahora.

Celia escuchó unas llaves hurgando en la cerradura, se incorporó para sentarse en la cama y ver a un tipo trajeado junto al doctor Hidalgo, quien rompe el silencio con una presentación.

– Hola Celia, te presento a Rubén.

7

Todo marchaba según lo orquestado. Le quitaron el bebé a Celia por una cesárea cuya delatora cicatriz iba a poder justificarse con un episodio autolesivo en medio de una crisis nerviosa que ya estaba reflejada en su historial… ¿A quién iba a creer el mundo, a una loca o a un respetable doctor? De todas formas, Juan Ramón incrementó aún más la medicación de Celia dejándola prácticamente como una muerta viviente. Todos los involucrados en lo sucedido se llevaron un buen sobresueldo para garantizar su mudez y, a pesar de que a algunos de los otros trabajadores les mosqueaba tanto secretismo en torno a Celia, nunca hicieron demasiadas preguntas.

Rubén no podía contar demasiado a su amigo Juan Ramón. Era algo inusual que una fuerza extraterrestre iniciara semejante contacto con nadie. Un potente radar del servicio secreto trataba de registrar todo movimiento de vehículos extraplanetarios y nunca habían pasado de unos discretos paseos de reconocimiento por nuestro habitat. Quizá habría que prepararse para lo peor. No podían tolerar que unos ascuerosos alienígenas fueran violando a las mujeres de este planeta así como así.

Parecía ser el principio de una guerra entre especies pero, de momento, solo podían aventurar teorías respecto al propósito de estos visitantes. Por ahora, estaban experimentando con el bebé que tras una rápida gestación en una matriz humana se encontraba con todas sus funciones vitales realizándose a la perfección. No querían matarlo (por si lo necesitaran de rehén o acabara siendo útil de alguna otra manera) pero le sometían a toda clase de pruebas con el único propósito de averiguar más sobre dicha especie y aunque había genes humanos corrompiendo los resultados era lo mejor que tenían en ese momento. Por su propio bien, nadie del proyecto osó cuestionarse hasta qué punto era ético hacer ese tipo de experimentos con un recién nacido porque parecía que algo iba a ocurrir y era mejor estar preparados.

8

A los tres amigos (delincuentes habituales en su planeta natal) les pareció buena idea cumplir una de sus fantasías sexuales a pesar del que el contacto con los habitantes del planeta Tierra estaba absolutamente prohibido. Pero nadie tenía porque enterarse con el camuflaje óptico del que disponía la nave de uno de ellos. El plan era bastante sencillo, buscar una casa apartada en la que viviera una mujer sola y saciar el pervertido deseo que compartían los tres de hacerlo con una criatura humana de género femenino.

Les costó casi una hora rastrear con el detector de calor casa por casa hasta que encontraron las condiciones propicias para cometer su reprochable divertimento. Aparcaron la nave junto a la casa, ya que la máquina de teletransporte tenía un radio de alcance muy limitado. Luego dispararon a Celia con un artilugio que además de aturdir a la víctima, le dificultaba de sobremanera realizar algún movimiento y con suerte, al acabar la noche, la humana pensaría que fue todo una pesadilla.

Epílogo

Celia fue trasladada a un hospital para enfermos mentales crónicos, donde pasó el resto de su vida.

LA DEUDA CONTRAÍDA

En el reino de Parsix se extendió la leyenda sobre un hombre que se enfrentó a una pareja de monstruosos cíclopes para salvar de sus garras a una indefensa joven. Se hizo alguna canción sobre el asunto, incluso varios pintores aprovecharon dicha proeza para producir numerosos cuadros sobre aquel guerrero que acabó convertido en el esposo de la muchacha. Pero de eso hacía ya mucho...

Pese a sus traumas, Lena intentaba siempre complacer a su marido, aunque sabía que él la engañaba siempre que podía. No fueron pocos los rumores que llegaron a sus oídos sobre como presumía borracho en la taberna de su hazaña por si alguna descocada impresionable caía en sus redes. Lena se sentía, con razón, presa en ese matrimonio. Cuando sus padres acordaron que, en gratitud por lo acontecido, ella sería esposa de su salvador, no se opuso ya que por aquel entonces Gert le parecía un buen partido y, a decir verdad, después de todas las barbaridades que le hicieron esos cabrones, no es que tuviera demasiados pretendientes. Pero a estas alturas, estaba más que harta de ser el trofeo de su esposo, harta de tener que aguantar su mal genio cuando ella no tenía la casa totalmente perfecta o cualquier otra cosa que a él se le antojara usar de excusa para armar un escándalo.

Parecía que los gloriosos días de Gert habían terminado y no lo llevaba demasiado bien, aunque siempre supo, en el fondo, lo grande que le quedaba su propia fama (esa que se disipaba con lentitud en la débil y caprichosa memoria colectiva). El valor que lo empujó a enfrentarse a esos gigantescos desalmados se debió a inhalar las esporas de una flor poco común. El klux no estaba indicado para misiones en las que las cuestiones tácticas fueran mínimamente relevantes, pero sí ayudaba bastante cuando el asunto se basaba en usar solamente fuerza bruta. La mayoría de soldados coincidían en que en la guerra era un deber ineludible convivir con el dolor. Pero en determinadas ocasiones, algunos mercenarios recurrían a esta sustancia para ser más eficientes a la hora de plantar cara en alguna batalla ya que, además de disminuir por unas horas cualquier sensación dolorosa, generaba un tremendo coraje. Algunos sabios culpaban de estos fenómenos a una falta de consciencia transitoria que impedía percibir con exactitud el peligro y el daño sufrido. Sus posturas filosóficas (ajenas siempre a una improbable situación de que tenga lugar un enfrentamiento en igualdad de condiciones) defendían que muchas especies solo mostraban lo que se denominaba comúnmente valor si disponía, o creía disponer, de una posición ventajosa. Por tanto, según ese razonamiento, tener agallas era muestra de una exagerada estupidez que terminaba degenerando en un grave atentando contra la integridad de uno mismo, o sinónimo de abuso. Fuera como fuera, la valentía les resultaba un término indigno de glorificar.

Aquel día, Gert estaba sin una mísera moneda en el bolsillo. Por culpa de su desastroso historial, rara vez le encomendaban algún trabajo y estaba intentando convencer al tabernero para que le fiara unos cuantos tragos y así apaciguar su desesperación. Todo el mundo era conocedor del calvario que una joven estaba sufriendo no demasiado lejos de allí, pero la recompensa ofrecida por los humildes padres de la prisionera no era una cantidad por la que nadie osara jugarse el cuello. Entonces, unos guardias de la realeza que estaban bebiendo y presenciando los lamentables lloriqueos de Gert, lo retaron burlonamente a rescatar a aquella muchacha. Argumentaron, entre las risas de todos los presentes, que cualquier guerrero que se precie no tendría problema alguno para acabar con aquellos *pocatrancas* (apelativo despectivo con el que se solía ridiculizar a los cíclopes de género masculino, dada la habitual desproporcionalidad entre su gran corpulencia y la poca longitud de sus penes). De todas maneras, tuvieron que ofrecerle dinero y una buena dosis de klux para que se atreviera a intentar salir victorioso de aquella misión. Puesto que no creían en las habilidades para el combate de Gert, aquellos soldados estaban convencidos de haber mandado a aquel patético mercenario a una muerte segura (cosa que les parecía tremendamente divertida).

Para sorpresa de todos, Gert pilló desprevenidos a aquellos dos indeseables y no le costó acabar con ellos sin sufrir rasguño alguno. Solo hizo falta blandir con decisión su espada y hundirla en los flácidos cuerpos de aquellos desgraciados mientras echaban una cabezada. Como la recompensa era mínima, la gente achacó que lo que condujo a Gert a emprender el rescate fue su gran corazón (cosa que se mencionaba con frecuencia en los homenajes artísticos que varios ingenuos produjeron, donde aquella lucha acabó resultando algo épico).

Aunque los soldados nunca le pagaron lo prometido, dado el enorme interés que suscito su acto, Gert ganó bastantes monedas y pudo dejar de vivir en pensiones baratas. Tenía más trabajo que nunca, hasta pudo permitirse tener una casa propia que compartía con Lena. Pero había llovido mucho desde entonces. Gert no dejaba de ser un guerrero de pacotilla que tuvo un golpe de suerte en un combate puntual y ya había gastado casi todo el rédito de su hazaña, esa que ahora solamente le servía para conseguir trabajos de poca monta o algún ligue ocasional con el que engañar a su esposa en la taberna donde pasaba casi todo su tiempo.

Lena estaba decidida a marcharse lejos de Gert pero el muy tacaño solo le daba el dinero justo para ir al mercado, y sin nada en el bolsillo era conocedora de que era imposible llegar muy lejos. Se le ocurrió la idea de ir caminando hasta donde vivían sus padres e intentar explicarles la situación para lograr algo de ayuda. Pero las cosas no salieron como ella planeó:

— No puedes hacer algo así —dijo con vehemencia su padre—. No después de lo que Gert hizo por ti.

— Pero...

— Ni pero, ni nada. Ya está mal visto que una mujer abandone su hogar, imagina que dirán de ti y de nosotros sí... Mierda, tienes unos votos sagrados que cumplir y eso harás.

Lena estaba furiosa e intentaba no exteriorizar el potente sentimiento que buscaba dominarla. Se sentía absolutamente incomprendida. Observó cómo su madre, con una enfermiza tendencia al dramatismo, lloraba amargamente en el sillón sin mediar palabra.

— Mira como has puesto a tu madre —gritó el padre señalando a su esposa con el dedo índice—. Quítate de la cabeza esas sandeces... Joder.

Inmediatamente oír aquello, Lena salió corriendo de allí y regresó a casa totalmente desconsolada. Parecía que estaba condenada a aguantar a aquel tipejo que se pasaba el día enfurecido o en la taberna. En ese momento, Gert se encontraba gastando en cerveza las escasas monedas que le quedaban de su último trabajo. Poco a poco se hacía de noche, pero no tenía prisa alguna por volver a casa. Miró la fauna que había por allí sin localizar a alguna hembra apetecible y pidió otra jarra:

— Esto está muy vacío de mujeres hoy —trató de bromear con el tabernero.

— Es tarde —respondió este toscamente mientras le servía. Voy a cerrar enseguida, así que tomate eso rápido.

— Vale...

Se acabó la cerveza en tres grandes tragos. Gert prefería a las fogosas mujeres de mala fama que frecuentaban aquel lugar. Aquellas mujeres se dejaban de hacer toda clase de cerdadas. Aunque todo indicaba que esa noche se tendría que conformar con Lena, quien pese a ponerle empeño, no dejaba de ser terriblemente sosa en el dormitorio. Gert pagó la cuenta, se despidió del tabernero y este le ignoró. Dado el estado de su economía personal esperaba que pronto le encomendaran alguna cosilla bien pagada. Fuera estaba la noche muy oscura, por suerte, solo tardaría algo menos de diez minutos a pie hasta su hogar.

Al llegar, le pareció raro que todas las luces estuvieran apagadas. Pensó en que Lena habría marchado a dormir, cansada ya de esperarlo. Entró torpemente, dándole igual si hacía ruido o no. Encendió la vela de la entrada y al dejar la llave sobre el recibidor se percató de que había una carta pegada en el reverso de la puerta. Le extrañó mucho que en el sobre no pusiera nada, ni siquiera un remitente. La abrió con prisa para leer:

Debiste dejarme con aquellos cíclopes, hijo de la gran puta.

Gert se quedó petrificado. Lo que aún desconocía era que, en el fondo de la casa, en el dormitorio, se encontraría con Lena ahorcada.

DELITOS CONTRA LA ÉTICA

Ricardo era un prestigioso científico, precursor en experimentos exitosos dentro del campo de la clonación. Harto del mundo y de que el gobierno de su maldito país pusiera límites a sus habilidades, vivía junto a Zulema apartados de todo en mitad de una montaña. En aquella casa apenas había tecnología, salvo la estrictamente necesaria (según el criterio de Ricardo) dado que los poderosos usaban la mayoría de esos artilugios para vigilar a la gente. Por ello no era raro escuchar insultantes cánticos contra la autoridad que el científico improvisaba por si algún secuaz del estado había hallado el modo de espiarle.

Lo cierto era que Zulema detestaba todo el trabajo que acarreaba ese modo de vida: levantarse pronto para hacer el pan, ordeñar las vacas y todas esas actividades que conllevaba el abastecimiento porque a juicio de su pareja las cápsulas alimenticias eran otra estratagema de los políticos para atontar a la gente. Ricardo rara vez iba a mezclarse con la sociedad, a no ser que necesitase hacer negocios o algún cachivache para sus proyectos. Casi cada atardecer, Zulema contemplaba el horizonte, con temor de no volver a la civilización, soñando con otra vida. A pesar de que Zulema sabía conducir, Ricardo no le dejaba agarrar la camioneta ni para dar un paseo, ya que era una tarea complicada bajar por aquella larga y pronunciada pendiente hasta la carretera más cercana y él tenía miedo de que ella hiciera volcar el vehículo o pasara alguna otra catástrofe por el estilo. Su novio era un hombre muy brillante pero el paso de los años le habían vuelto extremadamente egoísta, se pasaba prácticamente todo el tiempo en su laboratorio (al que ella tenía vetado el acceso) obcecado en su trabajo y Zulema no se sentía mucho más que una sirvienta.

Llevado por el despecho hacía su propia patria el científico surtía de armas bacteriológicas, venenos indetectables y todo lo que pudiera ayudar a las actividades criminales de postores dispuestos a dejarse altas sumas de dinero en ese tipo de material. Ella desconocía la clase de negocios en los que su pareja andaba metido. Nunca hizo demasiadas preguntas, dando por sentado que seguía colaborando en alguna especie de investigación con sus antiguos compañeros.

Ambos tenían 56 años, con la edad a ella le había disminuido el deseo, todo lo contrario sucedía con Ricardo que padecía una enorme ansia por tener sexo a todas horas. Zulema sospechaba que esa exagerada virilidad se debía a alguno de sus inventos y estaba harta de que su marido solo saliera de su laboratorio para meterla mano. Hace más o menos un mes, hablaron del tema:

— Ricardo, no soy un simple objeto que puedas usar para desahogarte. Te he seguido hasta aquí y me siento poco valorada. Parece que solo quieres follar y despúes de correrte, me vuelves a dejar sola para meterte en tu mierda de laboratorio.

— Joder... ¿Y qué quieres que haga? ¿Decantarme por la puta zoofilia e ir al corral para metérsela a alguna de las gallinas?

Después de una larga y fuerte discusión y de varios días sin hablarse, Zulema le dio un ultimátum:

— O me respetas, o te quedas solo.

Ricardo no quería tener que hacer las tareas que le correspondían a su mujer, así que accedió a que solo tendrían sexo dos veces por semana y también prometió ser más considerado con Zulema.

Todo parecía ir bien. Ya llevaban más de un año en las montañas y el ambiente era mejor que nunca. La casa se alimentaba con un generador eléctrico que construyó Ricardo, por ello no faltaba el agua caliente, la luz, etc... A Zulema no le importaba demasiado que los intentos de su pareja por ser amable fueran extremadamente torpes, porque por primera vez en el tiempo que llevaban allí se sentía ligeramente feliz.

No duró mucho en ese estado. Días después, en mitad de la noche, escuchó ruidos en la cocina. Pensó que era Ricardo, ya que estaba sola en la cama y no era raro que se quedara toda la noche trabajando. Sintió cierta ternura hacía él recordando como la mayoría de la gente se burlaba de sus excentricidades. Ricardo era un verdadero genio, y por ello se ha visto siempre obligado a sufrir el desprecio de los demás. Una vez, Ricardo le contó borracho que después de recibir una paliza de sus compañeros de colegio con ocho años, buscó un pozo antiguo y tiró la moneda que su adorada abuela (fallecida hace décadas) le había dado para comprarse cromos, deseando que el mundo reventara. Ella se levantó con una sonrisa en su cara, se desnudó y fue a la cocina para darle una sorpresa a su hombre.

El origen del ruido no era quien esperaba. Zulema pegó un grito de sorpresa y terror al ver a alguien muy parecido a ella ataviada solamente con un liguero hurgando entre la vajilla. Alarmado por el alboroto, Ricardo, acudió a la cocina, vestido con una camiseta y unos calzoncillos viejos.

— ¡¿Quién es ella, cabrón malnacido?! –preguntó Zulema alterada.

— No es lo que piensas. Eres tú.

Claro que Ricardo estaba respetando el acuerdo de disminuir los encuentros sexuales con Zulema, ya que había tomado una muestra de ADN mientras ella dormía, para clonarla y gozar a su antojo de su cuerpo. Acto considerado como un grave delito contra la ética. Esta ley fue establecida porque después de que, gracias al trabajo de Ricardo surgieran los primeros clones humanos, hubo un movimiento muy popular de protesta (secundado por muchos actores, cantantes y famosos de toda índole) por los derechos de aquellos seres que en principio eran considerados objetos. Y a pesar de que hubo un importante sector que defendió el trabajo del científico para así poder disponer de mano de obra económica (ya que para cualquier empresa grande la producción de clones era la opción más asequible a largo plazo si se comparaba con el mantenimiento de una plantilla de trabajadores convencionales), como al gobierno le resultaba escabroso conceder a las copias ciertos privilegios y no lograban ponerse de acuerdo hasta donde deberían llegar los derechos de estos, cedieron a la presión social, optando por prohibir la duplicación de cualquier humano bajo la amenaza de penas muy severas.

Ante semejante revelación Zulema estaba dispuesta a romper el vínculo que le unía a ese ser tan despreciable. Fue a vestirse y a hacer las maletas. A Ricardo no le pareció tan horrible aquel acto, ya que no podía catalogarse de infidelidad (aunque si se podía considerar insultante haberle quitado más de veinte años de encima a la hora de clonarla). De todas formas, él no quería que ella se marchara.

Mientras Zulema se dirigía apresuradamente, con la maleta a medio cerrar, hacía la vieja camioneta, Ricardo corrió tras su chica para tratar de persuadirla:

– No te vayas, por favor...

– ¡Déjame en paz!

Entonces Ricardo agarró el brazo de ella, dando comienzo un fuerte forcejeo. La mala suerte provocó que Zulema cayera de espaldas y se golpeara mortalmente la cabeza con una piedra de gran dimensión, muriendo al instante. El ruido del impacto paralizó a Ricardo unos segundos... Luego fue al laboratorio a pensar (y a ponerse los pantalones).

El clon le ayudó a enterrar el cuerpo sin vida, que pesaba lo suyo, a unos cuantos pasos de la casa. No sin antes sacar de aquel cadáver una generosa cantidad de sangre para hacerse su propio harem ahora que no temía que alguien lo descubriera. Luego Ricardo echó unas cuantas gotas de una fórmula de autoría propia para que no se coagulara aquel líquido y lo guardó en la caja fuerte de su laboratorio. Porque como ya indicaron en el pasado las comprobaciones del científico, clonar usando el ADN de otra réplica era una tremenda negligencia.

Para él la situación no hizo sino mejorar, ya que no era difícil dominar la voluntad de un clon. Hace unos años, Ricardo había descubierto que, si se suprimía parte de la actividad neuronal de una copia, esta estaría totalmente a su merced. No dejaba de ser una práctica peliaguda, pues la más mínima imprecisión podía generar graves estragos al clon. Todas las réplicas acabaron siendo una versión bastante más joven que la original. Aun así, el científico les inyectó la misma fórmula que a él le hacía sentirse tan bien y vigoroso. Se excedió intencionadamente con la dosis, tanto que las clones eran unas verdaderas ninfómanas. Pero Ricardo no tardó en no poder con la exigencia sexual de sus amantes y al final, optó por encerrarlas bajo llave en una de las habitaciones.

Tras unas horas intentando en vano, hacer más potente la fórmula de lo que denominaba *el mejunje rejuvenecedor* sin que los efectos secundarios por aumentar la eficacia pusieran en riesgo su salud para así, estar a la altura de las circunstancias, empezó a oír gemidos en el cuarto que hacía de prisión a las clones. Pegó su oreja a la puerta y decidió rápidamente hacer un agujero con el taladro para contemplar aquella orgía lésbica. Mientras se masturbaba pudo percibir numerosas manchas rojas por la piel de aquellas muchachas, lo cual no era buena señal. El científico supuso que se debía a la alta dosis de elixir que les había inyectado, aunque daba igual lo que pasara con aquellas copias ilegales porque mientras tuviera la sangre de Zulema siempre podría producir más.

LAS EXIGENCIAS IMPUESTAS POR LA SUPERVIVENCIA

— Mira, Endika... la tozudez nos posibilitó llegar hasta este punto con nuestro proyecto de vida y nuestros problemas fueron siempre hostiles señales a las que no quisimos hacer el mínimo caso. Yo... solía pensar que la dimensión del afecto es justamente la resistencia del vínculo entre dos o más personas. Por lo que creo que debo exigirme a mí misma cierta sensatez, forzar algunas condiciones, para establecer de alguna forma lo permisible y lo intolerable en cualquier tipo de relación que intente mantener, y creo que toca ya ser severa para no seguir expuesta a ninguna clase de toxicidad que, quizá algún día, podría acabar conmigo.

— Te juro que a veces no logro seguirte.

— Solo quiero decir que por mucho que te ame, a veces el amor no debería ser capaz de aguantarlo todo.

— Joder... ¿Estás dejándome? Porque te juro que llevo casi tres meses sin probar una puta gota.

— No es solo eso... Me he dado cuenta de que ese no era el problema más grave que había entre nosotros. Necesito pasar algún tiempo sola para aclararme las ideas.

Ya era bastante tarde cuando Endika salió del portal de Amaia, el pecho le dolía y le costaba respirar con normalidad. No había nadie en la calle, todos los comercios y bares habían cerrado hace mucho. Trataba de caminar simulando cierta entereza lleno de recuerdos que le agredían sin piedad. Su piso estaba a una media hora a pie y vagaba desganado hacia aquel sitio solitario donde le esperaban lugares y objetos evocando vivencias que ahora mismo podrían inducirlo al suicidio: como la cama donde pasaron ambos tardes enteras entre porros y sexo, o aquel libro de Michel Houellebeqc que tanto gustó a Amaia y que Endika, pese al empeño que puso, había sido incapaz de leer entero desde que ella se lo regaló en su último cumpleaños. Llevaba meses sin probar el alcohol, pero ante las expectativas con las que se presentaba el futuro, era un momento perfecto para tirar la toalla. Hace más o menos tres meses, Endika abrió la cabeza a un tipejo en un bar de su barrio cuando este se puso muy pesado piropeando de manera obscena a Amaia. Para colmo Iker (que era el nombre de aquel hijo de la gran puta) era un conocido municipal de la zona que no dudó en ir a comisaria a lloriquear porque le habían tenido que dar varios puntos de sutura.

A la espera del juicio y teniendo que ir cada quince días a los juzgados a firmar como medida cautelar, Juan Carlos, el abogado de oficio de Endika, le recomendó dejar el alcohol y la marihuana, pues consideraba que lo podía perjudicar a la hora de establecer las consecuencias que tendría la agresión. Juan Carlos era un auténtico

gilipollas y a Endika le costó no reventarle la cara la única
vez que habló con el picapleitos en persona. A día de hoy
desconocía cuales eran los cargos concretos a los que se
enfrentaba y las dos veces que el abogado le llamó por
teléfono, después de colgar tras unas apresuradas palabras
poco o nada reveladoras le enviaba un email a Endika,
dejando constancia de que habían hablado (seguramente,
para cubrirse las espaldas por si luego se le increpaba no
haber proporcionado una defensa justa). Dado que no
tenía dinero para contratar a un abogado medio decente,
Endika estaba convencido que le iban a joder bien,
aunque a la hora de la verdad, lo único que le importó
entonces era la posibilidad de perder a su chica si toda
esta mierda acababa en cárcel.

Amaia creció en una casa donde había discusiones
diarias. Para ella, su insoportable familia era una muestra
por la que juzgar al resto del mundo. Siendo sincera,
se encontraba más a gusto escribiendo y leyendo que
compartiendo su tiempo con nadie. Solía componer
relatos muy macabros a los que se dedicaba con mucho
mimo, pero a pesar de su talento, nunca tuvo suerte en los
concursos a los que se presentaba. Era consciente de que
en la mayoría de las entidades que convocaban aquellos
premios no había cabida para sus oscuras historias. De
hecho, en muchas de las bases ya advertían que no serían
bienvenidos los escritos mínimamente polémicos. Ella
no podía cambiar su estilo para encajar por mucho que

tanto rechazo la desesperara. Se negaba a pasar por el aro y escribir de feminismo, positivismo u otras lucrativas temáticas. Su afán era destrozar los espejismos de mierda que decoraban la vida de casi todo el mundo desde ese terreno, carente de apariencias tramposas, donde conseguía ser libre, sin ética alguna reprimiendo a los monstruos.

Mientras soñaba con consagrarse como escritora, lo poco que Amaia ganaba de dependienta en una tienda de ropa lo gastaba en libros y música. Su madre le solía decir cuando, muy de vez en vez, hablaban por teléfono, en una esforzada atención protocolaria, que debería estar agradecida por tener un trabajo con el que poder afrontar todos sus gastos. Pero Amaia sabía que si alguien le pagaba lo que fuera a un trabajador era porque normalmente generaba más dinero de lo que costaba. Por cosas como esa se solía sentir la única persona cuerda en un mundo completamente desquiciado y obligar a los demás a enfrentarse a la sordidez sin edulcorar con sus escritos le resultaba un espléndido acto de justicia.

En el fondo, Amaia deseaba seguir siendo el refugio de Endika pero hundirse con el barco resultaba un inasumible acto de romanticismo. La verdad era que trataba de no sentirse demasiado triste, queriendo hacer gala de una actitud plenamente racional y tener claro que el dolor es un homenaje innecesario al tiempo que compartieron juntos.

Las rencillas entre Iker y Endika venían de muy atrás. Esther, la madre del municipal, embutida en unos pantalones blancos y una camisa rosa salmón de lo más hortera a modo de uniforme de improvisada justiciera callejera, se propuso ser todo un ejemplo a su comunidad cuando pilló a Endika robando (sin motivo aparente, salvo tocar los cojones al personal) los tapones a las ruedas de un coche aparcado. Ante tal muestra de maldad gratuita, Esther abroncó al niñato y tras las insultantes palabras con las que le contestó el mocoso, ella no dudó en dejarle media cara llena de arañazos. Endika respondió a la agresión, apartando bruscamente a la señora con su pie, dejando en sus pantalones una nítida huella con toda la mierda que tenía en la suela de su zapatilla. En ese justo momento, uno de los agentes de la autoridad que solían rondar la zona por entonces se llevó a Endika para echarle una buena reprimenda.

Cuando Iker se enteró de la trifulca entre ambos, no tardó en generar un inmenso odio hacia Endika y ahora que era municipal lo provocaba con frecuencia para que metiera la pata. Iker solía pasarse con el coche patrulla delante de su viejo enemigo, incluso aminoraba la marcha para mofarse de Endika en sus narices junto a su compañero. Por ello, no parecía casualidad que Amaia fuera la receptora de aquellas groserías. Además, por lo que Endika sabía, Iker se había casado hace un par de años, casualmente con una facilona que se había trajinado medio barrio. Y a pesar de que llevaba años aguantando toda clase de provocaciones, a Endika le costaba controlarse cuando estaba ebrio.

Mientras caminaba, Endika pensaba en todo lo que tenía encima y la desesperanza incrementaba de volumen en sus entrañas. No muy lejos de su apartamento, vio a un pobre diablo sentado en un rincón de la calle. El hombre estaba apoyado en una pared bebiendo de una botella mientras, cubierto con mantas viejas, cobijaba a un pequeño perro en su regazo. En ese mismo instante a Endika le vino a la cabeza también todas las obligaciones que lo ataban. En pocas horas debía volver otra vez al almacén y, además, le tocaba también ir a los juzgados a firmar (cosa que le llenaba de ira).

Al pasar cerca del vagabundo pudo observar perfectamente que este, tenía una botella casi llena de vodka. Entonces se paró en seco:
– Hola amigo –saludó.

El hombre lo miró extrañado, sin decir nada.
– ¿Cuánto me cobrarías por esa botella? –preguntó Endika mientras sacaba la cartera.

El tipo se mantuvo en silencio.
– ¡Eh! Que te estoy hablando.

– Joder... Ustedes creen que todo se puede comprar y la verdad, es que en esta noche tan fría no cambiaría esta botella por nada.

A Endika no le gustó oír aquello, pero trató de controlarse. Hurgó en su cartera y sacó todos los billetes que tenía en ese momento:
– Mira... te la compro por 30 euros.

El hombre se empezó a reír y Endika le soltó un golpe en toda la cara. El perro saltó de los brazos de su dueño para defenderlo y enganchó entre sus mandíbulas los bajos del pantalón de Endika, que totalmente fuera de sí, pegó una fuerte patada al animal mandándolo varios metros por los aires. El vagabundo estaba sangrando y prácticamente fuera de combate, pero al oír los lamentos de su amigo, trató de levantarse para plantar cara al agresor. Endika se dio cuenta de que aquel hombre intentaba ponerse de pie y le propinó una fuerte paliza. El perro, herido, volvió a duras penas para acabar recibiendo un tremendo pisotón mortal en el cuello. Endika cogió la botella y se apresuró a echar unos tragos largos mientras marchaba tranquilamente de allí. El vagabundo que dejaba atrás necesitaba atención médica urgente. Aunque tras los segundos que tardó en recuperar la consciencia y ver a su pequeño amigo muerto, su única ambición era arrastrarse hasta su compañero y abrazarlo, para con suerte, irse de este puto mundo juntos.

NI PUTA GRACIA

La policía llevaba una temporada desconcertada por las marcas de violencia que lucían los cadáveres de dos mujeres jóvenes cuyos cuerpos aparecieron a altas horas de la noche en diferentes callejones de la ciudad. No había ninguna duda de que habían abusado brutalmente de ellas antes o después de que algún desalmado las matara con una certera puñalada en pleno corazón. Lo extraño del caso era que los forenses aseguraban que los mordiscos y arañazos con los que hallaron a aquellas muchachas sin vida parecían obra de un simio. Por la forma de la mandíbula determinaron que, probablemente, se debía a un chimpancé.

Esta misma mañana, el caso se puso aún más raro. La dueña de un hostal llamó a emergencias a una hora muy temprana porque uno de sus inquilinos tenía la música demasiado alta. Al parecer, llevaba sonando la misma canción una y otra vez desde las cinco de la madrugada, se trataba de un tema titulado *Atapuerca puede esperar* de un grupo español no muy conocido que se hacía llamar *DDT.* Los otros inquilinos, molestos, aporrearon la puerta con vehemencia en varias ocasiones sin obtener respuesta alguna. Mientras llegaba la autoridad, se intentó también acceder a la habitación con la llave de repuesto, pero parecía que habían bloqueado el acceso desde dentro.

La pareja de agentes a los que les tocó atender aquella llamada (Sam y Steve) debatieron sobre la posibilidad de echar la puerta abajo. Pero la dueña se negaba a que sus instalaciones sufrieran algún tipo de desperfecto si este podía evitarse, por lo que recomendó que primero trataran de acceder por la escalera de incendios desde la habitación contigua (idea en la que nadie había reparado aún). Una alternativa que a los agentes les pareció razonable. Por cosa del protocolo, Steve se quedó en el segundo piso cubriendo una posible vía de huida para el sospechoso, muy cerca de la habitación. Advirtiendo que, si su compañero emitía alguna señal de auxilio, destrozaría la puerta sin pensárselo dos veces (siendo consciente de que, de momento, no existía motivo alguno para alarmarse). Luego la dueña abrió a Sam la habitación de al lado donde no se alojaba ningún huésped mientras Steve trataba de persuadir a los curiosos, ordenando que se quedaran en sus respectivas estancias y cerraran las puertas.

Tras un buen rato manteniendo a Steve en vilo, Sam comentó por radio:

– Joder... no vas a creerte lo que hay aquí.

– ¿Qué pasa? ¿Todo bien? ¿Pudiste entrar?

– Sí, por suerte la ventana estaba abierta, pero... esto es una auténtica locura. Ven, voy a intentar desbloquear la puerta.

La música cesó y después, Sam arrancó unas tablas que se habían fijado con clavos al marco de la puerta. La habitación estaba hasta arriba de mierda, se encontraba todo desordenado y alguien había esparcido gran cantidad de excrementos por el suelo y las paredes. Había también marcas de arañazos por todos lados, pero lo más impactante era que en el centro del lugar, a los pies de la cama, había un chimpancé ahorcado. Tenía una cicatriz que le rodeaba la parte superior de la cabeza y una carta pegada en el abdomen en la que habían escrito en la parte exterior del sobre: confesión.

Steve se acercó al simio con precaución. El olor en aquel lugar era insoportable, costaba creer que nadie se habría dado cuenta antes de que algo no iba muy bien por allí. El policía agarró la carta e inmediatamente después se alejó del cadáver para empezarla a leer.

A quien sea:

Si está leyendo esto es que ha encontrado mi cuerpo sin vida. Ahora que estoy muerto quisiera poder explicar porque maté a aquellas mujeres...

Mi historia empezó no hace mucho, al dejar de ser un tipo normal, cuando por mi ludopatía y una serie de malas decisiones acabé sólo, viviendo en la calle.

Tras pasarme tres meses vagabundeando, me topé con quienes no debía: una sociedad secreta muy peligrosa que no dudó un segundo en secuestrarme a la fuerza e inyectarme alguna mierda en el cuello para que dejara de resistirme.

Desperté en una jaula, dentro de un laboratorio. Donde hacían crueles experimentos solo por diversión. A mí, me tocó que encogieran mi cerebro y lo trasplantaran al cuerpo de un asqueroso mono de mierda. En las fiestas que celebraban me obligaban a hacer de camarero para burlarse después en mi puta cara. No es que me haya considerado nunca un filántropo, pero cada vez que tenía que pasearme sirviendo a esa gente... mi odio al género humano aumentó de manera alarmante. No tardé en aprovechar un descuido en uno de esos eventos y poder fugarme, pero joder... ¿A dónde iba a ir yo así, si en apariencia no dejaba de ser un puto animal?

Llegué a la conclusión de que lo mejor que podía hacer era acabar con mi vida. Cosa que no iba a suceder sin que me corriera una última juerga. El problema era que como no encontrara a una zoofílica buenorra, la cosa iba a ser muy muy complicada, por no decir imposible. Tampoco consideré recurrir a la prostitución como una opción viable, ya que la tarifa por follar con un mono debe ser cara de cojones.

Así que decidí pasármelo bien con la primera que se cruzara en mi camino. El plan no era matarlas, pero gritaban demasiado y dado lo que he aprendido sobre el género humano, no es que acabar con sus vidas para poder correrme tranquilo me provocara demasiados escrúpulos. Supongo que dado el estado en el que encontrasteis a esas mujeres, no hará falta aclarar que me he vuelto algo sádico (jeje).

Por cierto, el puñal está en el primer cajón de la cómoda.

No voy a facilitar datos sobre dicha sociedad para reclamar venganza o justicia. Sé que no valdría para nada porque pude ver a la gentuza más poderosa de esta ciudad en las numerosas orgías en la que me forzaban a ejercer de camarero.

Sólo queda decir: hasta siempre, cabrones.

— Tío, lee esto —comentó Steve pasando la carta a Sam— creo que alguien intenta mofarse de nosotros...

UN RELATO SOBRE EL DESEO IMPERSONAL EN UNA NOCHE DE FIESTA

> *"El deseo trabaja como el viento.*
> *Sin esfuerzo aparente. Si encuentra*
> *las velas extendidas nos arrastrará*
> *a velocidad de vértigo."*
>
> David Trueba

A ninguno de los colegas les apetecía salir hoy pero yo tenía unas ganas exageradas de follar, así que por una cuestión de estadística me marché lejos, a un local de moda en el centro de la ciudad y así, poner la situación algo más favorable. Dado que aparcar por el lugar era una tarea tremendamente complicada, fui en el metro (tampoco es que fuera a impresionar mucho a nadie con el destartalado coche que heredé de mi padre). El bar estaba lleno hasta los topes. Era obvio que el dueño se había pasado la normativa de seguridad por el forro de sus cojones, ya que cuando has despertado el suficiente interés del público limitar el aforo es sinónimo de renunciar a gran parte de los beneficios. Parecía predominar el buen rollo en el ambiente, claro que en caso de incendio o alguna otra emergencia por el estilo se podría prever una tremenda pelea por salir lo antes posible, para tratar de no convertirse en las ofrendas de otro sacrificio humano, tan habituales en estos tiempos que corren, al todopoderoso capital: supongo que el mundo tuvo siempre sus prioridades claras. La táctica era sencilla, pedir algo de beber y esperar haciéndome el interesante a que alguna se acercara.

No tardaron demasiado en picar el anzuelo. Aunque apenas podía entenderla entre la rancia lista de éxitos musicales puesta a todo volumen, parecía tener la voz muy aguda y estaba bastante buena. Se notaba que se había puesto una de sus mejores galas: un diminuto vestido que tapaba lo justo para que no la denunciara nadie por escándalo público y que embutía sus carnes de una manera agradable a la vista. En ese momento, lo único que hizo falta fue no ser demasiado torpe recogiendo el sedal.

Lamentablemente, la verdad resulta siempre una nefasta parodia de lo que debió haber sido la vida, ya que entre la idealización y la vivencia existe un terrible trecho con el que no suelen contar los soñadores. Por ello, cuando nos decidimos por esta morbosa opción entre risas y copas de más, no aparecía esta pestilencia en el plan que improvisamos. Era cierto que apenas había nadie a estas horas de la madrugada en la estación

de autobuses, ni siquiera un somnoliento segurata para
aguarnos la fiesta. Pero lo que parecía a priori un acto de
deliciosa perversión, estaba resultando una experiencia
algo desagradable. La muchacha había dejado claro
que tenía pareja y que esto sería cosa de una sola noche.
Supongo que eran palabras motivadas por el miedo a que
me hiciera ilusiones sobre una posible relación formal.

Ella estaba frente a mí, con el vestido subido por
encima de su cintura mientras se apoyaba con ambas
manos en una fría pared de baldosas sucias repleta de
garabatos cutres. Arqueaba bien la espalda y estaba algo
inclinada para recibirme dentro. Los dos dábamos la
espalda a la puerta que, por una precaución seguramente
innecesaria, cerramos con cerrojo. Nadie nos vio
entrar y ella era bastante silenciosa (o yo con el pedo
que llevaba estaba muy torpe para la ocasión). Me fijé
en una pintada que, junto con un número de teléfono,
declaraba que una tal Estíbaliz era una puta gorda y una
tremenda chupapollas. Traté de memorizar aquellos
dígitos, hasta que me di cuenta de que me estaba
desconcentrando y empecé a sentir el temor a que se me
ablandara el miembro. Justo, en ese momento, empezaron
las sospechas de que el baño contiguo al nuestro se
encontraba atascado porque cada vez que movíamos los
pies se escuchaba un horroroso chapoteo. Probablemente
estábamos haciéndolo sobre una charca de orina y restos
de excrementos que parecía, a cada minuto que pasaba,

más grande. En aquel instante, me acordé de los muertos de los responsables del mantenimiento de la estación de autobuses y de paso, también de esos desconsiderados hombrezuelos que atascan váteres y descuidan su puntería en los servicios públicos. Será que, en esta sociedad, el civismo nunca es necesario si nadie está mirando o es otra persona la que tiene que limpiar tu mierda.

Traté de librarme de mis pensamientos sacudiendo levemente la cabeza. Luego empujé desesperado para mantener mi miembro duro y le di varios azotes a sus enormes nalgas. Le agarré del pelo. Apreté sus pequeñas pero firmes tetas y pellizqué sus duros pezones. Aquel ambiente nauseabundo, que ella para colmo parecía ignorar, me sometió en un ligero vaivén. Me encontraba algo mareado. Traté de centrar mi atención en el trial que ella tenía tatuado sobre su culo enrojecido con la certeza de haber bebido demasiado, pero seguí, seguí y seguí dándole lo más intensamente que pude con la sensación de que tanto movimiento no estaba sentando muy bien a mi estómago.

No me encontraba lejos del orgasmo cuando vomité parte de lo bebido en aquel bar de mierda sobre parte de la nuca y espalda de la muchacha.

– ¡¡Joder!! ¡¡Que puto asco!! –gritó.

Quería librarse de mí, pero no la dejé. Para mi sorpresa, comprobé que el forcejeo, los insultos y los manotazos que me sacudía me excitaban enormemente así que aguanté, hasta que finalmente logré correrme.

Cuando la solté, la muy cabrona resbaló y cayó de narices al suelo, dándose un buen golpe. Se puso a armar un buen escándalo, calificándome con toda clase de burradas. Así que al verla allí tirada aproveché para descorrer rápidamente el cerrojo, quitarme el preservativo, subirme los pantalones, que estaban bastante mojados, y mientras marchaba de aquel lugar todo lo deprisa que pude sin resultar sospechoso, traté de encestar el condón usado en una de las papeleras de la estación sin lograrlo.

Muy probablemente podía estar tranquilo ya que lo más seguro era que la muy borracha ni siquiera pueda acordarse de mi cara mañana. Saliendo de allí, pude verme en el reflejo de un gran cristal luciendo una tremenda pinta de pordiosero, por suerte todavía me encontraba lo suficientemente ebrio como para que no me importara lo más mínimo. Estaba ya muy hecho polvo, así que decidí irme a casa intentando acordarme del número de aquella tal Estíbaliz.

TRATAR DE FORMALIZAR LA INDECENCIA

—Toda la sociedad está harta de esta lacra que es la delincuencia juvenil y de que las leyes de protección al menor inmunicen a ciertos criminales. Estamos incitando, con nuestra actitud pasiva, conductas extremadamente peligrosas.

—Lo extremadamente peligroso es que usted llegue a obtener cualquier tipo de poder y darle oportunidad, por nimia que esta sea, de legalizar la perversidad... —el candidato se gira para mirar a cámara—. Queridos votantes, no se dejen engañar por los eufemismos. Lo que ocurre aquí es que el partido encabezado por el señor Silvio quiere rebajar la mayoría de edad hasta los quince años para legalizar tendencias sexuales totalmente asquerosas y aberrantes.

—Es usted quien tiene la mente totalmente sucia. Lo único que defiende mi partido es que, si tienes edad para robar, violar o asesinar deberías ser juzgado con todo el peso de la ley. Estamos hartos de ver como la defensa de esos individuos se aprovechan de normas vigentes para acabar sufriendo condenas irrisorias, que poco o nada tienen que ver con la gravedad de sus actos.

– Verá... Nadie puede negar, bajo ningún concepto, la estrecha relación de su partido con la iglesia católica y todos sabemos las barbaridades que han sido capaces de llegar a hacer y encubrir. Por ello, supongo que parte de su política se inspire también en la aberrante obra de Edmundo Logroño que llegó a defender entre sus páginas que dado el precoz despertar sexual de la juventud, se debería tener más manga ancha con los violadores de adolescentes para que uno de sus personajes eludiera una condena proporcionada con la repugnancia que despertaban sus delitos. Así que no hable de justicia.

– Ya veo que busca desacreditarme con graves injurias. Será que la única forma de defender sus políticas es la de insultar. Pero no voy a rebajar el nivel de este debate como trata de hacer usted. Efectivamente, Edmundo es amigo mío y parece que usted no se ha enterado de nada. Tuve la oportunidad de comentar con el polémico escritor el contenido de aquella historia que levantó tantas ampollas y, lo que la gente como usted no logra entender es que, manejándose en los terrenos de la ficción, el autor buscaba...

– Buscaba abogar por conductas completamente inmorales para buscar normalizar sus extravagantes filias...

– Yo no le he interrumpido y exijo el mismo respeto que le he tenido yo a usted.

La moderadora no veía como cobrar más protagonismo en la emisión en directo. Se sentía algo aturdida frente a los grandes focos que alumbraban el espectáculo. La verdad es que podía irse ahora mismo y casi no se notaría la diferencia, cosa que resultaba una mala noticia para sus intereses profesionales. A pesar de ser la tercera opción de la cadena para presentar el debate entre dos de los múltiples candidatos electorales, Diana pensó que formar parte de este circo sería una buena propaganda para optar a proyectos más serios y ambiciosos. Estaba harta de pregonar las andanzas sexuales de los famositos de turno.

Después de anunciarse que ella iba a ser la presentadora del debate, las redes sociales no tuvieron piedad con sus comentarios. Y tras leer tantas críticas, parecía que el temor la tenía completamente noqueada.

– Verán... –prosiguió Silvio tras las disculpas de su oponente tratando de disimular su enfado– no voy a ocultar de que habría que trabajar mucho para acordar en qué términos se debería rebajar la mayoría de edad. Pero lo que intenta el señor Felipe Gómez es centrar todo un complejo programa electoral en un solo apartado.

– Oh... claro, entiendo. Hablemos de sus inhumanas políticas de deportar a los inmigrantes y endurecer las penas contra...

– Como país... ¡No nos podemos permitir seguir tolerando que las fronteras sean puntos de acceso tan vulnerables!

El grito sacó de sus pensamientos a Diana y miró instintivamente el reloj para darse cuenta de que el tiempo acordado de emisión no tardaría en acabarse. Los candidatos se habían enzarzado en una discusión algo subida de tono. Era el momento idóneo para intervenir, pero ella ya se había rendido. Se sentía muy lejos de aquel griterío. Lanzó un suspiro. Pronto sería la hora de dar paso a las últimas conclusiones y dejarlo todo en manos de los votantes.

UNA LLAMADA INOPORTUNA

Son casi las ocho de la tarde. Siento la cabeza saturada de exigencias que, si fueran sometidas a un análisis severo, el veredicto no podría ser otro que catalogar toda esa verborrea de la que he sido el receptor, en la cual mi madre apenas me dejaba meter baza, de injusta. Me enciendo un cigarro y trato de pensar, analizando los treinta y cinco minutos de monólogo continuado que he tenido que escuchar pacientemente.

Nunca creí que la conducta narcisista de mi madre fuera, precisamente, un trastorno. Es más, creo que el narcicismo es una cualidad (por denominarlo de algún modo) propia de una especie incapaz de asumir su insignificancia. A mí también me cuesta creer que solo vinimos a este mundo a hacer acto de presencia, y quizá esa sobrestimación nuestra sea una eficaz defensa contra esa ofensiva constatación de inutilidad. Por ello, con esa exagerada consideración, tan habitual en ella, crea así que su cometido como madre fuera digno de alabanzas.

Tras escuchar su larga lista de reclamaciones, supe lo engañada que estaba respecto a su papel como progenitora ya que, según sus razonamientos, este fue ejercido a base de continuas proezas que merecen mi más profunda gratitud cuando mi niñez estuvo marcada por su desapego. O puede que, dado su estado de desesperación, este burdo intento de manipularme sea simplemente, buscar algo en el mundo a lo que aferrarse.

Estoy paseando de un lado a otro de mi habitación como un animal encerrado en una jaula, fumando como un poseso. Mientras me llega el ajetreo de una ciudad que odio desde la ventana abierta. Mi padre murió de cáncer de pulmón hace tres años, después de unos cuantos meses de agonía en los que apenas comparecí a contemplar su deterioro físico y psíquico. Esto debería ser un alarmante dato sobre mi predisposición genética que me forzara a dejar el tabaco, pero no creo apreciar esta existencia lo suficiente como para tomarme semejante molestia. Mi padre era un buen tipo, aunque nunca entendí que pudo ver en mi madre. Al menos, puedo declarar que yo no elegí pasar mi vida adulta atado a alguien como ella (ya que mi aversión por los demás me fuerza a sufrir una existencia extremadamente solitaria). Por eso no creo que esta historia acabe con visitas diarias a la residencia donde cuidan (si este es el termino correcto) a mi madre, la principal sospechosa de la misteriosa autoría de este vacío interno que padezco y que nada podrá llenar.

Hace tiempo di por perdido el poder arreglar el estropicio que soy hoy en día y convertirme en alguien normal. Mi madre cuando no estaba trabajando en su

exitosa empresa de decoración para tratar de reivindicarse
a sí misma como miembro indispensable y valeroso
de la sociedad, intentaba pasar tiempo con mi padre.
Desconozco si era un niño muy espabilado o ya estaba
algo jodido de la cabeza, pero siempre me pareció que yo
sobraba en las fotos familiares.

Sinceramente tampoco considero muy justo cargar en
su anciana espalda todos mis males. Sé que tuve parte de
responsabilidad en mi tremendo fracaso y como dije, ya
es tarde para aplicar correctivos con garantías de eficacia.
Queda solo aceptar los daños sin hacer virtud de la
miseria: por ello trato de empeñar con poca indulgencia
esta contemplación enfermiza de mí mismo donde me
obligo a contemplar a diario la fealdad que sufre mi
esencia.

En el trabajo las cosas no van mucho mejor, las ventas
de mi último libro autopublicado han sido desastrosas.
En sus páginas pretendía (sin demasiado éxito he de
admitir) dar con las claves del rumbo de la humanidad
hacia la distopía y dando rodeos innecesarios para
sumar páginas al proyecto, quería exponer que, ante el
descaro habitual y actitudes chulescas tan habituales
en ciertos gremios con poder: políticos, jueces, policía y
demás calaña desempeñarían mejor su trabajo cuando
temen represalias como, por ejemplo, ser asesinados.
Señalando así, la conveniencia de un severo filtro alejado

de esta caricatura de justicia en vigor que, postrada
ante malnacidos, nada tiene que ver con un karma
puro y eficaz. Por una conclusión parecida, suelo
pensar, a menudo, que mis habilidades para sobrevivir
sin pretenderlo no son otra cosa que ser en una grosera
muestra de la ineficacia de un mundo al que debo negarle
el reconocimiento de hallarse sometido a alguna clase de
inteligencia divina.

No puedo hacer grandes reproches a mi padre. Hizo
lo que pudo con ese constante afán suyo de agradar a
aquella arpía. Era lo que comúnmente se denomina
como un calzonazos. Pese a todo, ejerció su cometido lo
mejor que le permitió su condición. Cuando mi madre
estaba trabajando él se desvivió en hacer de mí alguien de
provecho. De hecho, todo de lo que podría presumir a día
de hoy se lo debo a su cuidado. Pero estaba esa otra cara,
la de tantos planes que mi madre organizaba donde yo no
tenía cabida. Me recuerdo solo a menudo de niño, cuando
todavía ello no suponía una gran tragedia. Me gustaría
disculpar a ambos, otorgando a la proeza de combinar
distintos tipos de vida familiar con las exigencias
profesionales una elevada dificultar para coexistir con
efectividad. Sin embargo, mi padre después de partirse
el lomo en el almacén de envíos, nunca demostró tantos
defectos a la hora de ejercer el papel que asumió al nacer
yo. Por eso, tengo claro que el problema con esa señora
que me acaba de llamar exigiendo más atención está en el
contraste de una comparativa entre ambos.

No llamó para ver cómo iba mi vida. Ni siquiera
trato de simular interés por mí. Solo emitió numerosas
exigencias con la soberbia que la caracteriza. Seguramente,
como creo que sucede con casi toda la especie humana,
esa enajenación, esa falta de consciencia del defecto sea
la clave para su supervivencia, imaginándose dignos de
la gracia de algún dios de mierda. Lamentablemente
para ella, compruebo que comprender su discurso y sus
circunstancias no la exoneran de nada. Como tampoco
me libra mi cobardía de culpa por no ser capaz de
soportar la visión de mi estimado padre tan enfermo y
prácticamente no haber estado a su lado en su agonía. La
diferencia será que cuando alguna enfermera me marque
para comunicarme el fallecimiento de mi madre, no
habrá tristeza. Quizá un amago de resultar humano
(y tengo serios problemas en usar de esta manera este
término) intentando por cortesía, forzar algún periodo de
luto.

La llamada ha removido algo en lo más hondo de mi
ser. Me dan ganas de tirar el puto teléfono por la ventana.
Tengo tantos sentimientos activos que ya ni sé que siento
de verdad en el caos que supone esta tormenta interna.
Voy hasta la cómoda y cojo tres somníferos que mastico
para que su repugnante sabor me llene la boca. Tomo
asiento en el escritorio, y sigo fumando a la espera de que
hagan efecto las pastillas.

VIDA PERRA

Toda aquella situación aparentaba que iba a terminar en una nueva discusión. Ambos habían hablado durante horas de estrategias para evitar ese tipo de espectáculos en el que Carlos acababa desquiciado y Elsa totalmente histérica, volvía a amenazar de muy malas maneras con atentar contra su propia vida. Semanas después de la última trifulca, parecía que al fin habían logrado generar entre ellos cierta estabilidad. Elsa, excusándose, argumentó que, si no llegaba a adoptar a aquel cachorro que sujetaba en sus brazos, lo iban a acabar matando en la perrera. El animal resultaba adorable envuelto en aquella manta azul. Parecía bastante asustado ya que no dejaba de temblar, así que Carlos al contemplarlo, respiró hondo y logró controlarse.

Los días pasaron, el perro fue bautizado como Travis y aunque a Carlos seguía sin parecerle bien que su novia no le consultara ante una decisión tan importante, intentaba dejarlo pasar.

— Está bien Elsa, pero el cuidado del perro será solo responsabilidad tuya.

— ¿Eso significa que se puede quedar?

— Supongo que sí.

Como nadie se molestó en informarse sobre las características habituales de su raza, tras unos cuantos meses, Travis creció más de lo esperado. Lo que suponía un serio problema, ya que a menudo, al volver a casa, la pareja se encontraba todo patas arriba. Carlos intentaba pasar de todo sin éxito y ocultaba su mal humor mientras Elsa recogía los estropicios. Luego optaron por encerrar al animal en el baño cuando lo tenían que dejar solo, pero según las quejas de los vecinos, el perro no dejaba de llorar y ladrar, sin tener en cuenta también que dejaba toda la puerta llena de arañazos.

Tampoco ayudaba a sus intereses la dejadez, cada vez más difícilmente disimulable, que Elsa demostraba con sus responsabilidades. Pues, pese al esfuerzo que Carlos demostraba por mantener las distancias con el chucho, se convirtió en algo habitual el tener que comprarle la comida, llenarle el cuenco de agua o recoger la casa si Travis hacía de las suyas. Él quería ahorrarse una sinceridad que casi con toda certeza acabaría en otra fuerte pelea, pero la situación le estaba hartando: no soportaba el olor que había invadido su casa, ni el desorden que el perro provocaba.

La riña acabó teniendo lugar cuando Elsa se negó a pagar las facturas de los sacos de pienso que su novio le presentó. A pesar de tener trabajo, para ella su mayor prioridad era gastarse casi todo en ropa o irse los fines de semana a las discotecas con sus amigas, en largas noches donde a menudo se olvidaba también de que tenía pareja.

Ya con los ánimos calmados Elsa suplicó a Carlos que como sus padres habían decidido hace poco invertir en unas nuevas plazas de aparcamiento que habían construido en el pueblo y no usaban (pues su objetivo era solo especular y venderlas cuando, según sus predicciones, el precio acabara por subir) les pidiera permiso para aparcar allí su vehículo y así poder usar la lonja de debajo de su casa para que viviera Travis. A Carlos aquella solución le parecía pillada por los pelos, no es que le molestara (que también) tener que pedir un favor a sus padres, si no que el garaje donde aparcaba ahora el coche carecía de luz natural y no reunía las condiciones mínimas para tener allí a nadie, aunque no se opuso al plan.

Finalmente, las andanzas nocturnas de Elsa acabaron en boca de todos los del pueblo porque uno de sus muchos amantes se había ido de la lengua contando, con orgullo, como aquella muchacha acabó atada al cabecero de su cama y otras anécdotas de índole similar que no hay necesidad alguna de esclarecer aquí. Claro que sus mentiras no acababan ahi ya que Carlos solía preguntarle frecuentemente si había sacado al perro a dar una vuelta y a que hiciera sus necesidades, lo que Elsa siempre respondía a conveniencia.

A menudo Carlos escuchaba los ladridos del perro desde el tercer piso donde vivían, pero supuso que era algo normal. Además, prefería ni acercarse a aquel lugar. Habían colocado una valla que separaba el garaje en dos partes asimétricas, una era la zona de Travis y la otra área, la más espaciosa, estaba destinada a almacenar todas las cosas que apenas usaban y no querían tener en casa, ni deseaban tirar. Carlos daba por sentado que Elsa solía encenderle de vez en vez la luz a Travis para que no estuviera siempre a oscuras y como creía que era paseado con regularidad, pensaba que el animal estaría estupendamente en su nuevo hogar.

Pero un día, un vecino coincidió con Carlos en el portal y, sabiendo que era el único miembro tratable de la pareja, aprovechó para reprocharle los fuertes olores que desprendía su lonja y el jaleo que acostumbraba a armar Travis. Tras disculparse, fue a ver si estaba todo en orden y lo que encontró fue terrible. El perro estaba demasiado delgado, se le marcaban los huesos sobre la piel y era evidente que había perdido mucha masa muscular. Tenía los cuencos de comida y agua vacíos, tampoco se había molestado nadie en limpiar los excrementos y los charcos de orina. Había marcas de arañazos por todas las paredes. Al contemplar aquello, a Carlos le dio un vuelco el corazón. Inmediatamente, fue a acariciar a Travis que tenía el pelaje completamente húmedo y una mirada bastante extraña. A pesar de que con la puerta abierta entraba algo de luz natural, resultaba insuficiente para poder ver bien allí centro, así que Carlos accionó el interruptor para darse cuenta que la única bombilla de la lámpara estaba fundida.

Por pura piedad, Carlos se puso a limpiar todo y paseó un rato a Travis. Luego lo subió a casa para bañarlo y darle algo de comer. Estaba muy enfadado con Elsa. Ahora le encajaban todas las piezas, como cuando se iban algún fin de semana a algún hotel cerca de la playa (en los que normalmente no aceptaban mascotas) y ella le engañaba diciendo que había dejado una llave del garaje a una de sus amigas para que se encargara de atender al perro.

Cuando Elsa llegó de trabajar algo tarde, pues llevaba en la mano un par de bolsas de una tienda de ropa, Carlos le increpó tratando de resultar moderado:
—¿Te parece normal tener al pobre chucho en las condiciones que lo tenías?
— No me fastidies. Acabo de llegar de trabajar.
— No es verdad, acabas de llegar de comprar más ropa de mierda. Ya casi no te queda especio en el puto armario. Ya podías invertir algo para la comida de Travis que no he encontrado nada de pienso que darle. Al final, ha tenido que comer unas cuantas galletas con algo de leche porque...

— No andes jodiendo –interrumpió Elsa– tu ni siquiera querías al perro, es culpa tuya que esté así. Si lo hubiéramos tenido en casa, estaría perfectamente.

— No vayas por ahí. Además, todas esas mentiras que me contabas diciendo que te estabas ocupando de Travis y yo, como buen gilipollas, teniendo que andar de más todos los días porque he aparcado el coche lejos para que tu perro pueda vivir cerca de nosotros... ¿Y porque me tomo semejantes molestias si no le estás haciendo ni puto caso?

La bronca se puso intensa y Carlos decidió marcharse a casa de sus padres que vivían a unos pocos minutos a pie. No le gustaba demasiado esa opción, pero supuso que era la mejor baza que tenía en ese momento. Por fortuna, sus padres no hicieron demasiadas preguntas, tampoco es que fueran necesarias pues ya sabían del tipo de relación que tenían ambos. Por una especie de consideración, Carlos seguía teniendo su habitación en aquella casa y como solía ser costumbre en situaciones así, seguía casi tal como la había dejado al marcharse de allí.

Tumbado en su vieja cama Carlos meditaba sobre que seguramente, las prisas por escapar de la casa donde se encontraba ahora, habían provocado que intentara por cualquier medio formalizar otra vida que no se desarrollara entre aquellas paredes. No sabía si seguía con Elsa y tampoco sabía si quería seguir con ella. Se quedó pensativo, mirando el techo hasta que se durmió.

A la mañana siguiente Carlos se despertó con la alarma
del móvil y lo primero que hizo fue llamar a su jefe
para decirle que tenía problemas de estómago. No hubo
inconveniente, ni reproche alguno. Al colgar, miró en su
armario para comprobar que había dejado allí bastante
ropa. Se puso algo cómodo y fue hasta la cocina. Sólo se
encontraba su madre en casa:

– Hijo... Ayer fui a tu habitación por si querías algo de
cena, pero ya te habías dormido. ¿Qué quieres desayunar?

– Nada, sólo café. Y gracias...

– No hace falta que des las gracias. Tu padre antes
de irse a trabajar hizo una cafetera. Siéntate que ya te
preparo yo una buena taza.

A Carlos le sorprendió como habían cambiado las cosas
por allí y eso le reconfortó. O en una esforzada sinceridad,
pensó que su recuerdo y sus quejas fueran, probablemente,
exageradamente injustas.

– ¿Te encuentras bien, cariño? –preguntó su madre.

– Si, no te preocupes...

Como ya no existía impedimento alguno, Elsa convivía
con Travis. Las semanas pasaron y ninguno llamó al
otro. Después de casi dos años de convivencia, había
temas por solucionar como la de que harían con todas
las cosas que Carlos tenía todavía en su antigua vivienda,
pero preferían no tener que verse otra vez y tras tanto
tiempo sin hablarse, a ninguno de los dos le importaba
demasiado zanjar aquellas cuestiones.

El pueblo no era muy grande y alguna vez se cruzaron por azar en la calle. Para afrontar aquella incómoda situación, ambos optaban por abordarla con la misma estrategia: la de simular que no se conocían. Como era natural, Carlos se acabó por enterar de las andanzas sexuales de Elsa cuando todavía eran novios. También le contaron que Ella se había llevado a uno de sus amantes a casa y Travis, que había desarrollado alguna clase de problema mental, le había mordido, dejándole al muy gilipollas numerosas marcas de dientes por todo el cuerpo y la mano izquierda destrozada. A Carlos le hubiesen entrado ganas de reírse a carcajadas si no fuera porque el perro acabó sacrificado.

EL PRECIO Y LA RUINA

Era la segunda vez que un pequeño pájaro se estrellaba
en la ventana del salón en lo que iba de año. Resultaba
algo extraño, pues no era apropiado achacar el incidente
a una limpieza excesivamente concienzuda de aquellos
cristales (y más aún en esta ocasión dado que Iván se
había vuelto muy dejado con los quehaceres de la casa
desde que vivía solo). Después de escuchar el golpe, Iván
abrió la ventana y se quedó mirando con expectación
y a una distancia prudente la reacción del ave tendida
en el alfeizar que esta vez, tras unos cuantos segundos
de desconcierto, pudo marcharse volando. Todo ha
cambiado demasiado, pensó.

Parecía haber sucedido en otra vida, pero hacia
solamente diez meses que tuvo lugar el primer incidente,
sólo que en aquella ocasión al pájaro (casualmente
de la misma raza) le resultó mortal el golpe. Y para la
desgracia de los gatos que pululaban por aquella zona,
el cadáver del animal quedó tendido en la pronunciada
repisa. Susana intentó socorrerle, pero fue en vano, ya
que se había roto el cuello y no se podía hacer nada al
respecto. La pareja decidió meter el cuerpo en una caja
de cartón pequeña e ir a enterrarlo. Para la ceremonia
fúnebre se decidieron por un parque poco transitado y

medio abandonado, ya que era de los escasos lugares que quedaban sin asfaltar donde el suelo era simplemente tierra.

No es que los acontecimientos obligaran a un luto demasiado severo, así que camino al parque ellos iban charlando amigablemente:

– Seguramente el pájaro andaría drogado –informó Susana–.

– ¿Cómo sería eso? –preguntó desconcertado Iván sin saber cómo reaccionar a lo que acababa de escuchar.

– Se debe a los pesticidas y todas esas mierdas químicas que los agricultores rocían sobre sus cosechas...

Estaban prometidos, sin que este hecho implicara tener en el recuerdo una escena memorable, simplemente parecía un paso lógico después de decidir vivir juntos. Dado que la convivencia era muy agradable, enseguida se acostumbraron a compartir casa.

Iván llevaba tiempo sin querer saber demasiado de los amigos en común y no quería indicarle a Susana los motivos. A veces ella le preguntaba sobre el tema, pero él era hábil esquivando el asunto.

Todo se remontaba a una fiesta que dio Emilio, el mejor amigo de Iván, en su casa. Parece ser que Susana vio a una pareja entrar en el baño y por hacer la gracia espió junto a dos chicas de la panda el acto, colocando su vaso vacío junto con las otras en la puerta. Pese al volumen de la música, no fue difícil percibir los gritos de la mujer que se encontraba en el aseo y parecía que todo se había acabado ahí, pero cuando se acabó la fiesta y se puso el ambiente más calmado gracias a las amenazas de los vecinos con llamar a la policía, algunos se quedaron a ayudar a Emilio a recoger. A una de las chicas se le ocurrió comentar dicha anécdota, ocasionando que Susana metiera la pata comentando que aquella mujer era una tremenda exagerada, ganándose así el mote de *malfollada*.

Iván se acabó enterando. Dicha revelación hirió su ego de macho alfa y por eso cada vez con más frecuencia trataba de hacer planes a solas con Susana. Solían ir a cenar o a ver alguna película al cine en una ciudad cercana al pueblo donde vivían.

Todo se torció una noche que salieron de un bar hacía el lugar donde habían dejado el coche y se cruzaron con un indeseable. Éste les amenazó con su navaja exigiendo el bolso de Susana. Automáticamente, en un impulso rematadamente estúpido, Iván se puso entre su novia y el asaltante:

— No vamos a darte nada —sentenció.

Al delincuente no le gustó oír aquello y agarró a Iván por el cuello de su camiseta mientras le acercaba el arma a la cara.

— Será mejor que hagáis lo que os digo.

Empujado por una inmensa rabia, Iván le soltó un puñetazo al maleante. El ladrón no tuvo muchos problemas para recuperarse del impacto y reaccionar, clavando su navaja en la cara de Iván, dándole de lleno en su ojo derecho haciendo que doblara las rodillas del dolor y cayera arrodillado en el suelo mientras se sujetaba la zona afectada. Salía mucha sangre. Susana empezó a gritar de forma desgarradora, lo que provocó que ante las complicaciones el delincuente se marchara corriendo.

Los médicos no pudieron hacer nada por salvar el ojo de Iván. Fueron días duros, incluso después del alta. Iván tenía que llevar un parche para ocultar los daños sufridos y no tardó en sentirse incomodo en la calle. En casa las cosas no iban bien, la convivencia se puso complicada dada la falta de autoestima de él, su aislamiento y su irritabilidad.

No sucedió nada extremadamente grave, solo pequeñas historias que acabaron por desgastarles a ambos y el compromiso entre ellos acabó disuelto, prácticamente de mutuo acuerdo porque, a todas luces, las cosas parecían mejor así.

Iba a anochecer pronto, Iván se había quedado pensativo en la ventana fumándose unos cuantos cigarros. Entonces, vio a sus viejos amigos pasar. Hablaban a gritos y se reían. También pudo contemplar a Susana entre el grupo, agarrada al brazo de Emilio. Recordó cómo se había pasado varias semanas ignorando las llamadas de todos o dándoles largas cuando le tocaban el timbre porque así era la vida y su dolorosa didáctica.

INTEMPERIE

Era una tarde calurosa y Mónica empujaba con serias dificultades, mientras mascullaba maldiciones, la silla de ruedas de su hijo Eric por aquel terreno lleno de tierra y piedras para aparcarlo a unos cuantos metros de la entrada principal. El crío como de costumbre no decía nada porque cada vez que lo intentaba solo era capaz de emitir unos desagradables sonidos agudos alejados de todo idioma conocido y dada la falta de actividad física había ganado peso desde que quedó postrado en semejante estado. Los médicos, después del accidente en el que falleció el patriarca de aquella pequeña familia, no eran nada optimistas con las posibilidades que tenía Eric de sobrevivir y Mónica suplicó con insistencia al dios en el que creía entonces que no le arrebatara también a su único hijo. Ahora, visto con cierta perspectiva, todo parecía un chiste con tintes demasiado oscuros como para hacer la más mínima gracia.

Hace como media hora que Alejandro había llamado a Mónica para comunicarle que no tardaría en poder escaquearse para pasar la tarde con ella. El sol empezaba a enrojecer la piel de Eric puesto que su madre ni siquiera se había tomado la molestia de dejarlo aparcado en la sombra. Con el tiempo, había aprendido a que no le dañasen tanto los gestos, ni los hirientes comentarios de aquella desnortada mujer que ahora, le resultaba irreconocible. Numerosas moscas rondaban aquel cuerpo que apenas era capaz de mover y comenzó a divagar, tratando de argumentar una causa para ser merecedor de esa molesta atención por la que se sentía de todo menos halagado. Quizá fuera cosa de su higiene, Mónica odiaba ducharle por eso cada vez lo hacía con menos frecuencia y ahora, el chaval sentía todas aquellas patas posándose y recorriéndole la cara mientras se hidrataban con el sudor del muchacho. Trató de gritar sin llegar a alcanzar un volumen amenazante que espantara a aquellas odiosas criaturas. Entonces, se concentró en su capacidad olfativa y, seguramente porque inevitablemente todo hace mella, percibió un hedor bastante fuerte.

Con un nerviosismo más propio de una iniciada que de una veterana, Mónica rebuscaba en un montón de ropa algún vestido limpio y que no estuviera demasiado arrugado. Se decidió por uno amarillo lleno de estampados florales, corto y escotado. Tras ponérselo se colocó frente al espejo para ver cómo le sentaba. Hizo unas cuantas poses e intentó alisar las arrugas del harapo con las palmas de sus manos. Después creyó apropiado quitarse las bragas para recibir a su invitado.

Su vieja camioneta le iba a dejar cualquier día tirado y Alejandro lo sabía, pero no se fiaba de la honradez de los mecánicos. Pensaba reventar del todo esa antigualla antes de desembolsar en otro vehículo de segunda mano que seguramente, saldría más barato que una factura inflada a base de cargos ocurrentes por mano de obra innecesaria o no ejercida en cualquier taller de la zona. Aun así, el estado de su medio de transporte le seguía permitiendo ir a mayor velocidad que la que indicaban las señales de tráfico. Iba ansioso, agarrándose la verga mientras conducía, fantaseando con acabar parado en la cuneta con una exuberante miembro de la autoridad pidiéndole explicaciones por su temeraria conducta al volante, sin que la excéntrica indumentaria y aspecto de la agente, más inspirada en parodias que la industria pornográfica hacía del oficio de policía que en la verdad, llegaran a provocar por esa falta de realismo, la pulverización de aquella ensoñación. La imaginaba cacheándole concienzudamente en busca de drogas o armas para terminar agarrando su miembro, exigiendo sexo a cambio de romper una elevada multa. Tuvo que parar de toquetearse ya que estaba a escasos metros de la casa de Mónica.

Las reglas acordadas lo obligaban a aparcar en la amplia parcela trasera para que Eric no fuera consciente de su presencia. Y eso hizo, para luego comprobar que Mónica ya lo estaba esperando con una cerveza fría en el umbral de la puerta que daba a aquel terreno.

— Nena... joder que ganas te tengo.

— Ya veo –contestó observando sus abultados pantalones– ¿Cuánto tiempo tienes hoy?

— Tengo unas dos horas. Luego tengo que estar puntual en la estación de autobuses.

El cielo estaba llenándose de nubes ante la mirada de Eric a la vez que el viento empezó a aliviar algo el ardor de sus quemaduras. En instantes así, el respiro suponía una mutación de esas certezas que ahora llenas de interferencias confusas, brindaban con esa agradable alteración transitoria y tramposa algunos cuestionamientos piadosos sobre la vida mientras la tragedia disimulaba su constancia.

Una hora después, una llamada interrumpió la frenética actividad de los amantes.

— Tengo que contestar –anunció él.

Mónica se apresuró a practicarle sexo oral mientras su compañero de cama hablaba con su mujer. Por suerte, la intervención de Alejandro en la conversación telefónica pudo desempañarse a base de monosílabos y un desgastado te quiero como despedida.

— ¿Qué quería esa? –preguntó Mónica algo celosa cesando su actividad.

— Nada. Solo me ha dicho que se ha alargado la convención y que pillará un hotel porque está agotada y regresará a casa mañana temprano.

– ¿Vas a pasar la noche aquí?
– Supongo que sí.

Mientras era penetrada fuertemente, Mónica soñaba despierta con encontrarse expuesta con un buen conjunto de lencería ante un grupo de hombres pudientes que babeaban por sus huesos. Cosificada, convertida en algo puramente material, sin sentimientos de por medio, era subastada solamente para acabar como el premio en una agresiva pelea de pujas donde finalmente, era considerada un artículo de auténtico lujo.

Tras una intensa sesión de sexo por toda la casa (que incluía escenarios como la cocina, el salón, las escaleras...) ambos acabaron en el piso superior, en el dormitorio de ella muertos de cansancio. No se habían dado cuenta que el clima había empeorado bastante y fuera estaba lloviendo a cantaros. Minutos después, Mónica se despertó sobresaltada por culpa de una fuerte y efímera luz que percibió acompañado de un ensordecedor estruendo que hizo vibrar toda la habitación y, repentinamente se acordó de Eric.

Probablemente porque la sinceridad nos deshonra a todos, cuatro años después de aquella tormenta Mónica todavía se pregunta si aquel rayo fue una bendición u otro error de un dios enfermo.

Índice

Este libro de poemas, del escritor
novel Jon Ferreiro, consta de dos partes.

En la primera parte el protagonista
relata su lucha contra la oscuridad,
acorralado y aturdido, juega una
partida de ajedrez donde, presa del
miedo, se aferra a la débil aura lumínica que desprende
su reina para mantener a raya las hostiles tinieblas
que intentan devorarlo. Tendrá entonces el deber de
domesticar a un dios cuya voluntad parece siempre
adversa, para cumplir un simple sueño: la existencia de
un tiempo donde poder vivir en paz. El narrador, con su
intermitente lucidez, tratará de explicar los sucesos que
originaron esta peculiar guerra a la vez que intentará salir
victorioso de la situación.

La segunda parte del libro está dividido en dos
capítulos más un epílogo. Poemas de diversas temáticas,
donde la vida y la muerte que nos rodea son sus
protagonistas.

La precisa morfología del humo, para no desvanecernos
y sucumbir a nuestros terrores propios e impropios.

9 798437 162033